一座城的风雅往事

刘海永 著

中国书籍出版社

图书在版编目（CIP）数据

一座城的风雅往事 / 刘海永著 . —北京：中国书籍出版社，2019.10
ISBN 978-7-5068-7458-8

Ⅰ . ①一… Ⅱ . ①刘… Ⅲ . ①散文集—中国—当代 Ⅳ . ① I267

中国版本图书馆 CIP 数据核字（2019）第 212150 号

一座城的风雅往事

刘海永　著

图书策划	成晓春　崔付建
责任编辑	成晓春
责任印制	孙马飞　马　芝
出版发行	中国书籍出版社
地　　址	北京市丰台区三路居路 97 号（邮编：100073）
电　　话	（010）52257143（总编室）（010）52257140（发行部）
电子邮箱	eo@chinabp.com.cn
经　　销	全国新华书店
印　　刷	三河市华东印刷有限公司
开　　本	710 毫米 × 1000 毫米　1/16
字　　数	200 千字
印　　张	12.75
版　　次	2019 年 10 月第 1 版　2020 年 1 月第 1 次印刷
书　　号	ISBN 978-7-5068-7458-8
定　　价	48.00 元

版权所有　翻印必究

深藏功与名的老开封

不得不承认，开封这座城就是与众不同。在小胡同里晒太阳的老者说不定曾经是黄埔军校的学生，叱咤战场，还杀过日本鬼子呢。城墙根儿遛鸟的老人神情凝重，悠然自得，说不定曾任过大官，或者是学问高深者，不是教授就是专家。就连蹬三轮的竟然会讲几个国家的外语，拉拢游客，都是云里来雾里去，前三皇后五帝，大宋的风华故事、民间的逸闻传说等，说得游客一愣一愣的。市井开封，就是这样地藏龙卧虎，常常不经意的一个角色，就是一个了不起的人物。

为什么要这样讲？因为这是城市几千年文脉相传而积淀的厚重文化气息，不是哪个城市可以随随便便就可以复制成功的。当然，开封也不必复制模仿其他城市，就像开封四合院是北京四合院的"祖宗"一样，祥符调就是豫剧的母调，所以，豫菜根本就不屑与其他菜系争座次排名，豫菜本身就是源于开封的开封菜。有了什么样的城就有什么样的人。开封人，无论是立足于本土还是到外地发展，都是比较有出息的。当然，啃老族除外，这不算是民间高人。啥叫民间高人？不信，我给你举几个例子。唐上上——一个曾经待在延庆观前公交站牌数年靠摆卦摊为生的奇女子，用废旧的烟盒写下自己的感悟，其诗歌在省内外颇有名气，常有省城文艺界人员慕名来访。开封著名作家赵中森先生也曾慕名拜访，却"寻隐者不遇"。她以简单生活、安静生存、安心写诗的自由状态隐居在古城深处，没有物质欲望，没有功名利禄的枷锁，成为开封文坛一道别样的风景。

赵祐住在双龙巷，1983年，他将自己大半生收藏的一大批古代字画、碑拓、古籍善本等藏品无偿捐给了国家。他常教导孩子们要心底无私，他认为这200多件明清字画捐给国家才是最好的归宿，这样才可以使后人在开封看到这批文化遗产，可以给开封人留下无价的物质财富和精神财富。

郭述文淡泊名利，与世无争，性情高雅，品德高尚，既是丹青妙手，更是人格崇高。他，布衣终身，却令人仰望；他，画值千金，却身居陋室；他，胸怀天下，却忘记自己。他曾留下遗嘱不给组织添加任何麻烦，要把抚恤金作为最后一笔党费交给党组织。他一幅画价值上万元，自己却从来不收一分钱，为人写字作画，印上"不值一文"。他蹲过国民党的监狱，戴过"右派"的帽子，曾经有一位学生想跟他学画画，他怕连累学生，就婉言拒绝。这件事也使他耿耿于怀，40年后仍打听那个学生的下落，想当面向他致歉。汶川地震，他捐了7000元特殊党费。黄胄赠予他的画，他无偿捐给了开封市博物馆。

不说了，总之，身为一位开封人，心里这个骄傲啊，你懂的……

古城开封民风淳厚、仁义、侠义，在开封生活20多年来，耳闻目睹了诸多令人敬仰的人和事。我的《一座城的民国记忆》《一座城的人文秘境》《一座城的美食风情》等著作上市以来，给读者带来了惊喜和期待，更多的人开始关注近代开封，于是就有了这本书的由来。这本书算是《一座城的民国记忆》的续篇，延续了那本书的风格，视角下延，打捞渐去渐远的城市市井记忆。是的，就是这座城被英国历史学家迈克尔·伍德称之为"记忆之城"。她的美堪比雅典，她的土地承载了城池的变迁，深藏功与名。

愿这本书能为开封留下一座城的风韵流长。

是为序。

刘海永

2018年2月17日于开封

目录

深藏功与名的老开封……………………………………001

风　华

刘青霞：中州女杰传佳话……………………………002
柏杨：不为帝王唱赞歌…………………………………008
袁克洞：扶危济贫一"湘舟"…………………………013
赵九章：小巷走出的"两弹一星"元勋………………017
牛汉：青春岁月在汴京…………………………………021
郭海长：仗义执言真英雄………………………………025
苏金伞：寻梦开封铸诗魂………………………………030

风　范

杨廷宝：建筑大师从这里起步……………………036
冯玉祥：建设新开封……………………………041
姚雪垠：结缘开封奋发路………………………048
张仲鲁：教育革新留史料………………………053
曹靖华：梅香暗冻骨弥坚………………………058
冼星海：以歌为旗气壮山河……………………063
马　可：用音乐唤醒民众………………………069
宋映雪：月映风清花如雪………………………074
四君子：志士请命为百姓………………………079

风　流

韩公超：千江有水千江月………………………092
危拱之：孩子抗战是先锋………………………097
穆　青：故土情深游子情………………………102
张瑞芳：一路芳华耀银幕………………………106
徐文德：豫剧舞台大武生………………………110
吉鸿昌：抗战名将汴京情………………………114
杨靖宇：从开封踏上革命征程…………………119

邵次公：一腔正义的风雅名士…………………………………125
四大名旦：河南演出留余韵…………………………………133

风　情

徐本善：武当宗师美名传………………………………………144
孙霁虹：铁腿卷起武林风………………………………………148
卜文德：德艺双馨的武术大师…………………………………151
步章五：江湖夜雨十年灯………………………………………154
岳良臣：救死扶伤理发师………………………………………159
段润生：相国书场"活岳飞"……………………………………163
马华亭：百发百中"神弹弓"……………………………………167
曹金川：侠肝义胆揭竿起………………………………………172
李永学：弃武从文终成名师……………………………………175
张钫：开封公园建设的推动者…………………………………178
李元庆：舍生取义真英雄………………………………………183
冯翰飞：民国藏书家遭日军劫夺………………………………186

后记：原来历史并没有走远…………………………………190

风　华

　　风华是一指流沙，苍老是一段年华。无论岁月如何变迁，那被岁月覆盖的花开，一切白驹过隙成为空白，唯有他们——留下了优美的传说。

刘青霞：中州女杰传佳话

无数次游走巷陌，只要是路过，我总要拐到刘家胡同里面，在刘家宅院门口静静地待一会。那时的风是轻的，心是静的，木门紧闭，庭院深深，青砖在时光的雕琢下已经斑驳，灰瓦的间隙滋生青苔。抚摸那些风烛残损的抱鼓石，心生感慨，岁月无痕，万千繁华只剩惊鸿一瞥。

那一年，她18岁，还是芳名马青霞的闺秀，嫁与中州首富，成为尉氏刘耀德的娇妻。红颜命蹇，丈夫早逝，悲恸欲绝的马青霞度过了人生中最为凄凉的一段日子。从此，开封才有刘青霞。一个弱女子，在激情燃烧的革命岁月，曾有过怎样的哀怨和才情？她经历了辛亥革命怎样的风起云涌？她一度感动了那个时代的无数仁人志士：孙中山题写"天下为公""巾帼英雄"，赞她的爱国之举；李大钊、陈独秀尊称她为"马先生"；鲁迅小她5岁，为其题"才貌双全"。"南秋瑾、北青霞"，在民国初年的大江南北广为流传。

翻阅民国二十二年编纂的《尉氏县志》，知她重义轻财、乐善好施、慷捐救国。当读到她"出洋数千元在开封开设大河书社为河南革命运动机关"，当时我就掩卷回想，走过的那些街巷、拍过的那些建筑、读过的那些方志，哪里是"大河书社"的旧址？翻遍开封的文史资料，或没有记载或语焉不详一句带过。后来我咨询了几位"老开封"，都无从知晓。百年辛亥，如此珍贵的历史竟然尘封于岁月，这，激起了我极大的兴趣。

近代资料丛刊《辛亥革命》第七册上有邹鲁的一篇《河南举义》，记载了河南留日学生在东京"创办《河南》及《女界》(笔者注:《中国新女界杂志》)两种杂志,并派人往河南省设立书局,以便售报及代销新书之用。书局名'大河书社',总局设开封……"《河南》杂志是光绪三十三年在日本东京创刊(1907年12月20日创刊)的同盟会河南分会机关刊物,刘青霞游历日本期间曾为这个进步期刊慷慨资助大洋2万元。《河南》对外公开编辑兼发行人署名为武人,实际上,张钟端为总经理,刘积学为总编辑,参与活动的主要人员有余诚、潘印佛、曾昭文、王传琳、陈伯昂、李锦公等人。杂志命名则是由于"本报为河南留东同人所组织,对于河南有密切之关系,故直名曰《河南》"。

刘青霞蜡像(位于刘青霞故居)

1906年,刘青霞族孙刘恒泰及留日学生张钟端、潘祖培、罗文华等回国省亲期间,专程登门拜访刘青霞。谈到清廷腐败、列强瓜分中国以及日本明治维新、女子教育等情况后,刘青霞心为之动,决心游历日本。清光绪三十三年(1907年),其二哥马吉樟奉派赴日考察学务,刘青霞携子一同赴日,当时的《河南官报》还刊发了消息。在日本东京,刘青霞与中国留日学生频繁接触,开始接受孙中山先生的革命思想并加入同盟会。当时,康有为、梁启超的君主立宪思想依然占据着相当一部分留日学生的头脑。创刊于1907

年10月的《豫报》，比《河南》杂志早诞生两个月，也是由河南留学生创办。然而，由于人员过于复杂，其中有很大一部分人员信奉康梁的立宪派思想，导致杂志内部办刊思想发生分歧，严重阻碍了同盟会思想主张的宣传。在这种情况下，孙中山会见河南留学生代表，要求改组《豫报》，把那些信奉立宪派的人员清除出去，重组杂志，但是苦于经费无源，迟迟不得实现。同盟会河南分会会员张钟端、刘积学等向刘青霞求款后，于1907年12月20日正式创刊《河南》杂志。据《河南》创刊号上《简章》第十三条中记载："本社所有经费，均尉氏刘青霞女士所出，暂以二万元先行试办。"

该杂志第一期对刘青霞表达了敬意和感激："炊而无米则巧妇束手，战而乏饷则名将灰心，本刊经刘氏出资巨万，既有实力为盾，其后庶几乎，改良进步，焉有一日千里之势。"发刊词宣称，要救国救民，"方针非他，即今人所恒言政治革命是矣"。因此，《河南》杂志注重救亡救国，要求国民负起救亡图存的责任来，反对立宪，推翻已经失去信用和能力的政府，建立一个新政府，做到真正地拥有土地、人民和行政权。

张钟端为《河南》杂志总经理，刘积学为总编辑。主要栏目有图画、论著、译述、时评、小说、文苑等，其主要内容是提倡革命，反对君主立宪，提出救国救民途径，也论述了一些东西文化交流融合问题等，同时以大量篇幅论述了河南省情、民情。

张钫在《辛亥革命片断回忆》一文中，忆到河南同盟会成立初期的活动时说："创办《河南》杂志，以张钟端为总经理，刘积学为总编辑，并特请周树人撰稿，共出10期，宣传革命，影响很大。后清政府驻日公使馆函日本警署迫令停刊。"尽管杂志只出版发行9期，却产生了不小的影响。《河南》杂志宣传革命，支持共和，立场坚定，旗帜鲜明，注重思想批判，持论锋锐而激烈，是当时留日学生出版的革命刊物中富有特色又有很大影响力的刊物，对国内文化界的思想解放起了很大的推动作用。时人称："此报鼓吹民族民权二主义，鸿文伟论足与民报相伯仲。"当时除了鲁迅外，周作人、许寿裳等名家都曾是《河南》杂志的撰稿人。

《河南》杂志以其鲜明的革命性树起了反清革命的旗帜，为辛亥革命的进行做了大量的思想宣传工作。杂志每期有100多页，发行量近万份，过半数运往国内销售，其中大部分又销往河南，这对革命思想在国内特别是在河南的传播起了很大的推动作用。同时，它也对河南辛亥革命及河南社会产生了深远的影响。

张钟端因主办《河南》杂志被清政府取消官费留学资格，刘青霞对其资助，促其完成学业。

开封刘青霞故宅四合院

《中国新女界杂志》是1907年2月5日由同盟会会员燕斌为提倡女权，增进妇女学识在日本东京创刊。这份刊物为河南妇女界首办刊物，因刘青霞资助才得以延续。该杂志上一则"特别广告"言："本社杂志，自经炼石女士燕斌创办以来，颇蒙海内外学界欢迎。销路之广，已及五千余册，诚非初料所能及。惟前因特别事故，以致未能如期出版。迟愆之咎，诚无可讳。兹得河南尉氏县刘女士之赞成，增助资本，以扩社务……以后每月按期出版，决不延误。以慰阅者之望，特此预告。"进步期刊《中国新女界杂志》的继续出版，受到了妇女界的热烈欢迎，但也引起了当局的嫉恨，出至第6期时，便因刊载《女子实行革命应以暗杀为手段》一文而遭查封。

同盟会员李锦公（河南辛亥革命十一烈士之一李干公的哥哥），为了传播革命思想，自愿放弃在日本的学习，归国回到开封，于1908年创办"大河书社"。刘青霞花费万余两白银，在开封市西大街路北买下了一栋两层小楼，作为"大河书社"的办公地点。"大河书社"的宗旨是："同人慨我豫省教育之不兴，风气之固蔽，冀大输新智，溥饷同胞，爰投巨资，组成斯社。聘定教育名家，编纂东西要籍，其有海内已出名书，亦选蹶精华，代为销售。""大河书社"主要发售《河南》等革命出版物和各种宣传民主、科学的书籍。当时《河南》在"大河书社"设内地总发行处，在京津等地和河南各县都有代派处，也在日本、缅甸等国发行。"大河书社"是启蒙河南人民思想的策源地，给河南沉闷的思想界吹进了一股强劲的新风。于是，"河南知识界革命思想愈益开发，殆等于南方诸省矣"。当时河南留日学生出版的杂志除《河南》以外，还有《中国新女界杂志》《豫报》等期刊。这些期刊都是通过"大河书社"源源不断地输入到中原腹地，其中数量最大的是《河南》杂志，"出版未久，即风行海内外，每期销流数千份，一输入本省者占半数，河南思想之开发，此杂志之力为多焉"（冯自由《革命逸史》第三集）。现在开封市图书馆珍藏的《河南》《中国新女界杂志》等书籍就是当时由大河书社发售的。

"大河书社"旧址（已经拆除）

那时的"大河书社"还是同盟会河南分会的一个秘密联络站、革命党人的集会地。"大河书社"又是1911年开封举义的根据地。武昌起义前，河南同盟会员张钟端等从日本回国，以"大河书社"为根据地，秘密组织同盟会河南分会，积极策划河南光复运动。李锦公的弟弟李干公任"大河书社"的招待员，后因此而被捕牺牲。武昌起义炮声一响，各省纷纷响应，张钟端等在"大河书社"策划起义，刘青霞积极参与，又捐银1600两资助河南革命军。同盟会河南分会决定于1911年12月22日（农历辛亥年十一月初三）夜举事。遗憾的是，因走漏消息，起义失败，张钟端、王天杰、张照友、刘凤楼、单鹏颜、徐振泉、张得成7人就义于西关，李干公、王梦兰、李鸣绪、崔得聚4人就义于南关，是为河南辛亥革命十一烈士。革命党人有逃出者，刘青霞掩护他们来到尉氏县城藏匿，躲过一劫。从光绪皇帝封她一品诰命到中国同盟会会员，刘青霞倾尽家产，资助革命。河南的革命党受她庇护者不计其数，革命党人把她看成女中豪杰。

1912年3月，袁世凯就任临时大总统，任命其姻亲张镇芳为河南都督，"大河书社"亦随之被迫停业。

"大河书社"今安在？广厦万间无处寻！历史常常是这样，真相不是掩埋于黄沙就是尘封于岁月。"大河书社"存在的时间虽然不长，但它却是辛亥革命时期河南留日学生追求真理、投身革命的见证。在开封近代史上，刘青霞曾经在辛亥革命的洪流中激流勇进、倾力相助，"大河书社"一定在辛亥革命的史册中屹立千秋、熠熠生辉！

柏杨：不为帝王唱赞歌

他是影响无数中国人的人文大师，他著作等身，却命运多舛。"十年小说、十年杂文、十年牢狱、五年专栏、十年史学写作、十年人权"，有华人处皆流传着他的作品。他的名字是中原最常见的两种乔木——柏树和杨树。"柏树有鳞鳞的叶子，龟裂深褐的皮色，冰雪长青，树龄可达千年。白杨挺立在深山幽谷之中，风来时哗哗作响，动人心魄。"这就是柏杨名字的由来，也是他一生性格的真实写照。他以尖锐的思想和辛辣的批判独树一帜。他是地地道道的开封人，虽然籍贯在辉县，但是却在开封出生、启蒙、成长。

柏杨铜像

继母棍棒下的凄苦童年

柏杨，原名郭定生，1920年生于河南省开封市。其父郭学忠，民国成立初年读过警察学校，曾经当过一任通许县县长，后来经商。柏杨出生的时候其父正在通许县当县长，虽然算不上名门却也算是小康之家了。柏杨一岁时，生母因病去世，继母祁氏出身没落贵族家庭，养尊处优，性情暴烈、思想狭隘，待柏杨十分刻薄。幼年的柏杨惨遭继母虐待，常被拴在床腿上挨打。柏杨的父亲因在外打拼，每次短暂的回来就是柏杨的"春天"，继母就会变得好起来。他备受父亲的钟爱，从小就受到父亲的鼓励，希望他多读书，有学识，将来能成为有用之才。柏杨在开封所受的启蒙教育就是他父亲特意为他选择的一所私塾。当年，在开封的小巷，一个郭家学童常常踏着阑珊的灯影，斜挎小书包，往返于私塾和家中。正是在开封接受了私塾教育，柏杨从小就打下了一定的"国学"基础，进一步了解了古汉语知识，并初步接触到儒家文化。柏杨10岁的时候，父亲没让他继续读私塾，为了拓展柏杨的知识面，而是把他送到了当时河南省立开封第四小学读二年级。柏杨进入这所小学，可算是步入了一个新天地，不但可以避开继母，而且还可以接触新知识。当时小学所开设的国语、常识、算术等课程，都令柏杨感到非常新鲜，学得也颇有兴趣。柏杨在省立开封第四小学只读到三年级，13岁时他转入省立开封第六小学四年级，但四年级没读完，因遭受继母的毒打，在许昌经商的父亲闻讯赶回后就把柏杨送回老家辉县读书。这样，柏杨暂时离开生活十多年的开封。

少年时代的青涩爱恋

在辉县百泉初中，柏杨因二年级末期顶撞校长梁锡山被开除学籍。再回开封，他的家境因继母吸食鸦片已经大不如前。"我回到的已不是四年前离开时的东铜板街（笔者注：疑似东板棚街）三进院子的巨宅，而是位于八府仓后街的一个大杂院。大杂院的三面都属于同一家花生行，我们家只占着东厢的三间。"一家人拥挤地住在了陋室，父亲靠着新组成的花生业同业公会过日子。柏杨走投无路，手中没有初中毕业文凭，又没有初中二年级肄业的证明，他无法报考高一级的中学。他不想荒废学业，于是就到龙亭附近一条街上的"开明英数实补班"补习。父亲给了他三块银圆，在那一家补习班，他努力学习。那时他的梦想就是考入省立开封高级中学，但是入学资格审查非常严格，必须初中毕业，同等学力者不招收。好在在开封高中当训导员的王伦青是柏杨父亲的朋友，经过"拆洗"，准许报名。

那一年，柏杨17岁，复习考试后等来了发榜。柏杨一排一排翻来覆去地找一个多小时，没看到自己的名字，他暗自思忖这辈子完了，巨额补习费不但落空，以后也不知路在何处？他想哭泣，可是仍咬着牙，没有出声。拨开人群正要走的时候，他听到两个同学在远处谈话，一个说："咦！郭立邦那小子怎么会被考取？真是出了鬼！"柏杨仍不敢相信自己的耳朵，幸好那同学指出他名字的位置。"我原来是叫郭定生的，这次报名不敢用郭定生，因为已被开除了，百泉初中准把开除的事报到教育厅，所以父亲把我改为郭立邦。对我来说，这个名字非常陌生，我本能地在榜上找郭定生，怪不得怎么找都找不到。"（《柏杨回忆录：看过地狱回来的人》）

高中是柏杨最为自豪的学生时光，情窦初开的少年因为希望得到对面学校女子师范女生的关注而喜欢上了打网球。练习打网球时会把网球打到墙外，因此他必须从门口飞奔出去，到马路上捡球，这常惹得女子师范那些路

柏杨到台湾后的第一张照片，摄于1949年

过墙下的女学生叽叽喳喳地捂着嘴笑。有一天,他在捡球抬起头来的时候,无意看到一个书包上的名字:何玉倩。柏杨有些青春萌动,经过几天的犹豫,他密密麻麻写了五张信纸,给那位女子诉说衷肠。他小心翼翼地贴上邮票,递交国书般投入邮筒,接着就是漫长的等待。后来终于得到了回信,他激动万分,打开一看,只有一张信纸,上面三言两语:"你年纪轻轻,不用功读书,却给女生写信。我们已把它公布到我们学校布告栏里。看你以后还敢不敢?"此事令柏杨羞愧难当。

市井熏陶下的快乐时光

柏杨年少时代闲暇时经常到相国寺逛,当时的相国寺是一个民众娱乐中心,除了鳞次栉比的商贾店铺、摊位外,也经常有各种曲艺、杂技等民间艺人的扎摊儿表演。为了避开继母的欺凌,他常去这些地方消磨时光,流连忘返。中原腹地的古老文化、民间文艺对柏杨的影响很深,这些东西常常成为他后来杂文创作的题材。少年柏杨十分喜欢听那里演唱的"河南坠子"。"河南坠子"中有《小黑驴》一曲,叙述了一位新郎送他的新媳妇骑一头小黑驴回娘家时的情景。里面部分内容是描写这位新妇的头发:前梳昭君抱琵琶,后梳齐王乱点军儿;左梳左挽的盘龙髻,右梳右挽的水墨鱼儿;正中间梳了一座小庙,庙前边梳了八棵小柏树儿,庙后边又梳九棵小桃树儿;庙左边梳了八个小和尚,庙右边又梳九个

柏杨在书房

小道人儿。

柏杨后来在他的一篇杂文中说:"女人的头上竟能梳出这么多玩意儿,真是伟大的艺术工程;由此也可以见得,讲究美,在头发上用功夫,中国有之,古已有之。听了这一曲坠子的人,再看看目下以为讲究发型是西洋文明特有表现的那些人的自以为是,就会哑然失笑。""鼓儿词"对柏杨的影响也是很大,后来他在翻译的《资治通鉴》中谈到汉景帝杀晁错时感叹道:"晁错先生并非大奸巨恶、手握兵权,何用如此闪电手段?鼓儿词有言:'说忠良,道忠良,忠良自古无下场。'数千年悠久历史,化作三句唱词,令人兴悲。"

七七事变后,上高二的柏杨投笔从戎。1939年父亲病逝于开封,柏杨至开封奔丧并护送父亲棺柩回辉县。沧桑岁月,隔岸相望,再回开封已是物是人非,据《百年开高·2002年7月30日柏杨先生给母校的复信》记载:"我于离开开封40年之后再回去,在龙亭前租了一匹马,跨上去顾盼自雄,觉得自己固一代豪杰(不准失笑)。然后,到了前营门母校旧址,密密麻麻已住满了人家,怅怅离去……"2008年4月29日,柏杨病逝于台湾。2010年,柏杨"叶落归根、回归故里"。

袁克洞：扶危济贫一"湘舟"

袁克洞，字湘舟，项城水寨人，和袁世凯是一个高祖，按辈分袁世凯为叔辈。在家族中袁克洞排名第五，所以人们又称他为"袁五少"。他读书不求仕进，一心想经商，凭自己的才能求发展。就是这位"袁五少"，精于古诗文，钟爱戏曲弦乐，对医道也颇有造诣。20世纪30年代初，他在开封吟诗作画、力捧豫剧名角儿、编写剧本，开封8年，留下余韵袅袅……

袁克洞像

隐居在汴梁帮助吉鸿昌

28岁那年，袁克洞到北京参加北洋政府举行的高级文官考试，应聘成功后到内务部谋了一份差事儿，后来把家眷都接到北京小菜园胡同，后又搬到西城大喜胡同。仅靠袁克洞的一份俸禄，很难维持家里面的开销，主要经济来源还是依靠老家项城水寨的生意。大概在1927年的时候，袁克洞因对时政不满，提出一些自己的施政建议，却屡屡不被采纳。如此不得志，岂可再往下混？于是他便愤而辞职，在北京城与一帮喜爱戏剧和诗词的文人雅士唱和。张伯驹常来袁克洞家切磋诗词，有时二人结伴去戏园子听戏。袁克洞还和一些吟友、戏迷成立了诗社、票房，定期作诗、绘画、演戏。据袁克洞的大女儿袁家桂回忆，袁克洞原本字"仙舟"，因他们诗社有一位年届花甲的诗友大号也叫"仙舟"，当时袁克洞只有30多岁，于是便主动将字由"仙舟"改为"湘舟"，其尊老敬贤之举博得大家一致赞扬。1928年河南发生水灾，旅居北京的河南名流发起了一次赈灾义演。袁克洞热心公益，虽未参加演出，但主动捐款，在后台服务，还出资买了好多两块银圆一张的戏票，送给亲友，并奔走推销了不少戏票。"那次戏票很贵，前排五块银圆一张，当时一两黄金才十几块银圆哩。义演所得，全部寄回了河南灾区。"（《我的父亲袁湘舟》）

1930年春节过后，袁克洞带着孩子们回到了开封，住在曹门大街56号。那是一座典型的传统四合院，三进院。这套宅院是袁克洞花一万一千银圆买的，十分高档，前面是一排门面房；前院正房为客厅，厢房住男佣人；中院住内眷；后院闲置。就是这个院子，在袁克洞的帮助下，曾经几次帮助民族英雄吉鸿昌呢。

袁克洞刚回开封的1930年，当时吉鸿昌将军正在忙于抗日救国，一度秘密在上海和鄂豫皖苏区奔走。每一次在开封停留期间，都是因为袁克洞的精心保护才一次次化险为夷，确保了吉鸿昌将军的安全。1931年九一八事变后，袁克洞更加关心时局，一腔爱国之心溢于言表。1932年一·二八事变，上海军民浴血抗战。当时吉鸿昌在天津担任"中国人民反法西斯大同盟"的主任委员，积极宣传联合抗日。他在去宋埠，旨在策动其旧部起义的途中停留开封，也是居住在袁克洞在曹门大街的四合院中。袁克洞把吉鸿昌安置在四合院中闲置的后院。当时的中院和后院通道之间砌有一道墙，不像一个大院，在外人看来后院是另一户家。但是后院开有一个十分隐蔽的小门，通向一个无人居住的废园子，很少有人出入，直通大街。袁克洞十分钦佩吉鸿昌的民族大义，吉鸿昌将军在开封袁家避难期间，袁克洞专门派老佣人孔庆云伺候他的起居生活，并为他送去生活日用品，直到吉鸿昌将军平安地离开了开封。

编写剧本掀起豫剧抗日热潮

作为河南名士，袁克洞对豫剧十分钟情，在开封期间他结识了赵仪庭、司凤英、陈素真、常香玉等豫剧名演员。袁克洞力捧豫剧名伶，为弘扬豫剧艺术，他曾为司凤英操过琴。1934年，袁克洞听到吉鸿昌的噩耗之后就开始着手创作融入抗战的剧本，宣传爱国意识，张扬爱国精神。满怀报国之心，他历时两年，根据《列国演义》和《史记》中有关魏公子无忌的史料创作出了《如姬窃符》剧本。该剧就发生在历史中的开封，写的是战国时期由强秦伐赵引发的魏公子无忌救赵的故事。赵、魏两国是唇齿相依的邻邦。秦兵围困赵都邯郸，赵王求救于魏，魏王惧怕秦国不敢去救，只派大将晋鄙在边境守望。魏王的异母兄弟信陵君无忌，深明唇亡齿寒救赵就是保魏的大义，于是就派人盗取了兵符，出兵救赵。戏剧围绕着魏王不救赵，无忌要救赵的矛盾冲突展开。信陵君无忌是当时著名的公子之一，有三千门客，其中夷门"抱关者"侯嬴献计"窃符救赵"，信陵君魏无忌听取侯嬴之计，以国家利益为重，置生死度外，借魏王姬妾如姬之手窃得兵符，夺取了兵权，不仅成功击败秦军，救援了赵国，也巩固了魏国在当时的地位。信陵君以国家利益为重、个人生死荣辱为轻的优良品德自古以来就饱受称颂。

1936年，常香玉当时年龄还小，十几岁吧。常香玉由其父亲领着拜访袁克洞时，袁克洞一出手就为她添箱二百银圆。《如姬窃符》剧本完成后，袁克洞本打算交常香玉演出，因当时常香玉的戏班子小，演不了，最后交给了司凤英的剧团演出。司凤英的艺术造诣很深，被誉为豫剧的四大坤旦之一。她1916年出生在开封县一个贫民家庭，1927年，年仅11岁的司凤英说服父母双亲，让其离家投身开封"老艺成戏班"坐科学艺。1930年，她刚年过14岁，首次在开封相国寺"国民戏院"挂牌演出就崭露头角，赢得场场客满。1934年她应郑州"普乐戏院"的邀请，演出两年有余。1936年，开封比较大的"豫声剧院"又将她接回开封连续演出了一个多月，轰动了整个开封和豫剧舞台。《如姬窃符》公演后在开封轰动一时，掀起抗日热潮。后来该剧本丢失，袁克洞在一目失明、卧病在床的情况下，将戏文一字一句口述出来，由儿子笔录，终使该剧本重新面世。袁克洞十分热心于豫剧，凡剧社或者艺人所需，他无不解囊相助，在开封时期还为一些名艺人灌制了唱片。

袁克洞在业余不断钻研祖国医学，在家里经常研读《本草纲目》等医药书籍，或潜心著述，他在《温疹症治》序言中说："余子女众多，常有患疹者，偶一不慎，几酿祸端。"他还著有《疹后六方》《喉症处方》等。其诗文汇编有《袁湘舟诗草》。后来亲友劝他到台湾，他婉言谢绝，在送别这些亲友时，他写了《题枇杷》："既耐天寒又耐霜，清明依旧上新妆。不和春色争桃李，何似秋风落海棠。"他以枇杷自喻，显示其不计得失的超然态度、洁身自好的自负、对新生人民政权的信赖及对国家前途的憧憬。

赵九章：小巷走出的"两弹一星"元勋

如果不是郭述文先生的大女儿郭正瑜老师的介绍，我一直以为赵九章就此存在书中了，与开封的关系仅仅只是一句"出生于开封"而已，殊不知在开封柴火市街曾经有他的老宅，在普通街巷曾有他童年的身影，古城的土地上一直留有他的足迹。郭正瑜老师说，赵九章故宅位于柴火市街原9号，当年的房舍青砖灰瓦、竹影摇曳，但多年来的风雨沧桑已使一个完整的四合院沦落为一个大杂院。虽然时过境迁、物是人非，但是记忆不曾改变，寻常巷陌走出了"两弹一星"元勋。

天行健，君子以自强不息

1907年10月15日，赵九章出生于开封市柴火市街。其父赵国彦是一名律师，家境比较殷实。赵九章在叔伯弟兄中排行老四，因其生日在农历九月初九，因而取名九章，乳名重阳。

赵九章自幼聪慧，9岁的时候就能够背诵《千家诗》《唐诗三百首》《诗经》《幼学琼林》等书。1918年，赵九章11岁时进入北仓小学念书，把"天行健，君子以自强不息"作为座右铭。然而，生活却没有给赵九章安排一条平坦的道路。1921年秋天，由于家道中落，勤奋好学的赵九章被迫辍学。为了糊口，父母把他送到一家小交易所当店员，吃尽了苦头。但是，胸怀大志的赵九章却没有就此沉沦。他干完一天的活后，不顾劳累，点上煤油灯，一直读书到深夜。他特别喜欢自然科学方面的书，每当得到这类书时，他都如获至宝，能一口气读到雄鸡唱晓。有一天半夜，赵九章正专心致志地读书，被老板娘发现，她把赵九章骂得狗血淋头，直到迫使他答应不再点灯熬油方才罢休。赵九章并没有因为这件事心灰意冷，而是继续攻读。为了不被老板娘发现，晚上他用废竹篾和废纸糊了一个上尖下圆

赵九章

的灯罩，灯罩糊了多层厚厚的包装纸，只在一侧开了一个黄豆大小的孔。这样的灯罩使用起来周围不见亮光，只从仅有的小孔透出一丝光线。赵九章常常在夜晚把书靠近小孔阅读。就是这样，夜间读书的事还是被老板娘发现了。她撕毁了灯罩，并惩罚赵九章一个月不吃晚饭。为了继续学习，赵九章把书上的公式、定律等按顺序剪下来，放在衣袋里，一有时间就掏出一张看上两眼，连走路的时候也一张一张地掏着看。就这样，过了半年多，赵九章就用这种方法学完了一本中学物理教材。1922年9月，他以第一名的成绩考入河南留学欧美预备学校，在这所学校，赵九章接触到不少新文化、新思想，开阔了眼界。

在校期间，赵九章积极投入反军阀的学生运动中，他和同学们一起试办洋车夫工会，组织工人学习，又到农村宣传。据赵九章的堂弟赵同章回忆，当年赵九章对他说："当局要追捕我们，必须尽早离开开封。"于是，为躲避当局的追捕，父亲给浙江的姑妈赵学彦写信，想叫赵九章到杭州上学。1925年8月，赵九章离开开封，远赴杭州投奔姑妈，继续学业。

倾向进步　发愤图强

到杭州后,赵九章考入浙江工业专科学校电机系。这时他的父母相继去世,生活完全依靠亲友的援助。赵九章在青少年时代就向往真理,在开封读书时,他满腔热忱地投入五卅运动。1927年4月12日,蒋介石下令残杀共产党人,浙江也笼罩着白色恐怖。看到从前压迫青年学生的人一个个做了官,而舍身为革命的人竟然遭到屠杀,赵九章非常气愤。因此,他积极参加学生运动。北伐时期,共产党的力量发展比较快,在杭州也有党组织和党的外围组织。

1927年年底,赵九章加入中国共产主义青年团,从此他参加革命活动更为积极。后来赵九章被捕入狱,姑妈由于害怕他被枪毙,于是亲自到南京找戴季陶出面救人(戴季陶的原配夫人钮有恒是赵九章的姨母)。戴季陶指示下面的人去疏通关系,请求放人,但是浙江当局没有买账,也没有马上判刑。于是戴季陶又写了封信差人送予浙江当政者,信的落款是"公民戴传贤",表明他不是以当官的身份,而是以一个公民的身份来求浙江当政者。1928年8月23日的《时报》刊登一则消息,标题是《戴传贤保释赵九章》:"中央执行委员戴传贤向浙江特种刑庭,请保释共产党嫌疑犯赵九章,负责管理,已由钱西樵庭长核准云。查赵九章虽名列逆册,察系青年盲从,受毒未深,据请交由具呈人负责管理,自可照准,候函知反省院查照办理可也。"赵九章家人通过花钱活动,将赵九章保释出来。

1928年9月,赵九章到了南京,当时戴季陶任考试院院长,就让赵九章作为随从秘书,做些文字抄写、文件保管的工作。戴季陶亲自对赵九章加以管束,让他住在戴家,不得随意活动。赵九章感到在南京非长久之计,于是埋头复习功课。1929年8月,他考取了国立清华大学物理系,在名师叶企孙教授和吴有训教授的培育下埋头学习,奠定了扎实的数学、物理学基础,而且获得了独立工作和进行科学实验的能力。1933年9月,赵九章毕业后留校任助教，专职管理物理实验。后来中央研究院气象研究所所长竺可桢到清华大学选一名研究生，看中了赵九章，引领他迈入气象学领域。他率先把数学、物理学引入气象学，将中国的气象学从描述性地理学范畴引向数理轨道。1935年7月，赵九章赴德国柏林大学攻读气象学专业，1938年获得博士学位归国。1944年5月，赵九章出任中央研究院气象研究所的代理所长、研究员，他积极开展信风带主流间的热力学研究，开创了中国动力气象学的先河。

从开封小巷走出的赵九章推动了我国现代气象事业的发展，是我国现代气象学的奠基人之一，也是我国著名的地球物理学家、空间物理学家，更是中国人造卫星事业的倡导者和奠基人之一。

1964年秋，赵九章上书国务院，提交了开展卫星研制工作的正式建议，引起中央的重视。1965年，中央批准了研制第一颗人造卫星的计划，负责实施人造卫星发展计划的651设计院成立。赵九章在卫星的发展规划和具体方案的制订，以及中国第一颗人造地球卫星、返回式卫星等总体方案的确定和关键技术的研制起了重要作用。1999年9月19日，中共中央、国务院、中央军委隆重表彰为研制"两弹一星"做出突出贡献的科技专家，赵九章被追授"两弹一星"功勋奖章。

牛汉：青春岁月在汴京

2013年9月29日，一生与诗歌相伴的老诗人牛汉走了。他命运多舛，历经磨难却诗心不改。在他看来，诗歌不但拯救了他，而且让他找到了真身。"幸亏世界上有神圣的诗，我的命运才出现了生机，消解了心中的一些晦气和块垒。如果没有碰到诗，或者说，诗没有寻到我，我多半早已被厄运吞没，不在这个世界上了。"就是这样一位与诗歌结缘一生的大师，青年时代就投身时代的洪流，积极参加反压迫、反奴役、争民主、争自由的地下革命活动。他还曾来到开封任中共地下党的学运组组长，从事地下工作。

追求进步陷牢狱

牛汉，原名史成汉，又名牛汀，蒙古族，1923年生于山西定襄县。家中是"耕读世家"，父亲是五四运动后在北京大学旁听过两年的进步青年。牛汉的舅舅在清华大学上学时加入共产党。初中时，牛汉开始迷恋上诗歌。1939年，他开始新诗写作，当时用的笔名是谷风。上高中时，他开始大量向文艺刊物投稿，有了一定的知名度。1941年他开始发表诗歌，1942年发表的《鄂尔多斯草原》引起了诗歌界的关注。1943年7月，他考入西北大学外文系俄语组读书。1944年年底，校方胁迫他参加青年军被他拒绝。牛汉和几位志同道合者想通过西安奔赴延安，但由于道路暂时不通，牛汉被中共西安办事处留下从事进步文化活动。他先是筹办《流火》杂志,后以秘密读书会"北方学社"为基础,成立秘密组织"流火社",发动民主学运。后来,组织又指示他返回西北大学做学生运动工作。牛汉接受组织的安排,毅然回到学校。1946年春,学校爆发了学生运动,当局为了杀一儆百,在法商学院的一个教室里举办了牛汉和另几位同志的"杀人罪证展览",声称他们三人曾持刀图谋杀害一名特务学生,并展出伪造的血衣刀具。牛汉成为黑名单中

诗人牛汉

的"要犯"遭到逮捕,罪名是"妨碍公务"和"杀人未遂"。被捕的时候他奋力反抗,身上多处被枪托砸伤,甚至脑部由于瘀血留下了后遗症。因"反蒋反美",他被判刑两年。20天后,经党组织营救,牛汉"因病取保"获释。

峥嵘岁月开封行

因为是政治犯,牛汉即使离开监狱,也无法再继续学业了。何去何从?彷徨时刻,他想起开封的诗友苏金伞。于是,牛汉向苏金伞写信求助。苏金伞回信表示欢迎并愿意帮忙介绍工作。1946年6月初,牛汉携爱人来到开封。

牛汉在开封参加了中共汴郑工作委员会的工作。为了生活,也为了掩护地下工作,牛汉到三青团系统的《正义报》任副刊主编。苏金伞同时还推荐牛汉的爱人吴平到河南省立开封女中教英语。经过短暂的奔波,牛汉夫妇的生活算是安定下来了。他们在开封还双双加入了中国共产党。

1946年,中共水东地委开封支部筹办的小开书店在新街口23号营业,书店在出售书报的同时还作为地下党的联络站。牛汉曾以小开书店为掩护开

展学运工作。后来，国民党特务准备抓捕他们，幸亏党组织提前得知消息并安排他们前往伏牛山区暂避才得以脱险。后来他们又返回了开封，不过在返回开封的路上被土匪截获，险遭杀害。多亏土匪的儿子柴化周认识牛汉，他们才得以虎口脱险。

回开封后，国民党并没有放过他们。牛汉被逼无奈再次逃亡，先是逃到武汉，然后又逃往上海。在上海没待多久他又回到开封，因为他身怀六甲的夫人还留在开封。我们从他的诗歌《锤炼》中可以感受到刺骨的"冷"："北方／落雪的十二月／我们——两个饥寒的生灵／还有母体里的婴儿／流浪着／找不到职业。"秘密警察和狡猾的特务紧紧地跟随着他们。牛汉夫妇的生活陷入困境，后来他们搬到一间被刚刚查封的小开书店里。这个书店没有一扇窗户，甚至连门都没有，一掀开木板，便是街巷。在那充满霉味的小屋里，他写出了长诗《血的流域》，记录下那一段艰难而悲愤的日子。他们的家狭小而阴暗，白天也要点灯，不然就看不见字。牛汉和妻子蜷伏在被子里阅读《约翰·克利斯朵夫》，他们在灯下读着《人民日报》，"心跳着，幻想飞到高原上，我们在地图上找寻着，迎接着，祝福着……"夫妇俩每天"蹲在墙角，煮着冻白菜和红薯"。在艰辛的岁月中，他们的大女儿降生了。这时，开封的白色恐怖依然非常严重，牛汉以假身份只身逃往河南北部的汲县。差不多两个月后，他才又回到开封。国民党特务并没有停止对他的搜捕，所以，他只好带着妻儿匆匆逃离开封。

开封寻梦有所思

1983 年，牛汉到洛阳出席牡丹诗会的时候与诗人们一起来到开封，此时距牛汉离开开封将近 40 年了。牛汉游览了龙亭、铁塔等风景名胜之后，又参观了汴绣厂，欣赏了精工巧绣的《清明上河图》。最后，在禹王台的三贤祠，牛汉等人又瞻仰了三贤那栩栩如生的塑像，浏览了悬挂在墙壁上的三贤诗篇，追忆李白、高适、杜甫三人当年在开封的兴会唱和，久久不忍离去。最后，大家怀着敬仰的心情在三贤祠前拍了一张合影照片。

作家赵中森当年曾参加牡丹诗会并全程陪同牛汉先生到柳园口游览黄河，多年之后，赵老师对此事还记忆犹新。赵老师说他当年是第一次见到牛汉先生。牛汉先生一米九几的身躯和与其他诗人不同的缄默，让他体味到"高山仰止"的含义。他在名为《向日葵的原野——记著名诗人牛汉》的文章中写道："三天后的黄河岸边，在柳园口风雨长堤上，聚集着国内很多重量级的老诗人，他们或交谈，或接受采访，唯有先生独自走向黄河。在陡峭的堤坡，他用手势拒绝了我的搀扶，然后步履沉重地踱向波涛汹涌的河岸。"牛汉先生是若有所思啊，开封曾是他青春战斗过的地方，开封曾是他梦开始的地方，开封曾是他成家的地方。在开封，他收获了爱情；在开封，他的大女儿出生；在开封，他有那么多的感动……

郭海长：仗义执言真英雄

早就知道郭海长，出身富贵，为了理想，义无反顾地投身于共产党领导的革命活动中。无论是在抗日救亡运动中安置平津流亡学生，还是在书店街开办《中国时报》，抑或动员开封文化教育界人士奔赴解放区……郭海长以一介书生的绵薄之力，在开封为中国革命做出了积极的贡献。幸运的是，我曾在邓高峰先生的引见下，在河南大学明伦街校区的家属院拜访了94岁高龄的梁建堂先生。梁老先生青年时代与郭海长是同学、同事，谈起郭海长，梁老先生兴致勃勃，如数家珍。他说，郭海长这人可是个传奇……

风华正茂　投身革命

郭海长1916年6月出生于新乡大召营村，父亲郭仲隗，早年参加辛亥革命，为河南早期的同盟会会员之一。郭海长1928年到河南省立第一中学读初中，在开封开始阅读一些进步文艺书籍。1931年夏，郭海长初中毕业后到北平读高中，考入东城外交部街的大同中学。在校期间，他参加了"反帝大同盟"。开学不久，九一八事变爆发，国土沦丧，民族危亡，郭海长怀着一腔热忱，积极投入爱国运动。那时，他常给河南临颍教小学的一位朋友邮寄进步书籍。后来这位朋友被逮捕，押在开封绥靖公署，郭海长回到河南后也因此事遭通缉，后经其父疏通，才将朋友营救出来。

卢沟桥事变后，北平沦陷，郭海长于8月离开北平，辗转回到开封。他四处联络流亡学生，组织了平津流亡学生河南同学会。时值暑假，教室空闲，由于开封当局顽固压制学生的救亡活动，没人敢把学校的房子借给他们居住。郭海长路过徐府街，看到国民党开封市党部的大礼堂空闲，就打着父亲的旗号，找到开封市党部的总干事借用了大礼堂。从此，平津流亡学生有了落脚地，大礼堂成了他们在开封开展救亡活动的指挥中心。那些流亡学生，在民族危亡之际，在街头高唱激昂的救亡歌曲；那些热血青年，将国破家亡的苦难留在心中。他们走上街头，开展各种形式的救亡活动，古城开封压抑已久的爱国热情得到释放。开封各个学校的学生也走出校门，与他们相呼应。古城沉闷的空气被冲破，抗日救亡运动形成高潮。郭海长以他特有的地利人和条件，帮助大家解决在救亡运动中遇到的种种问题。

郭海长

梁建堂先生说，1939年秋，郭海长考入河南大学文史系，与自己成为同学。在"河大"学习期间，郭海长发起成立了"社会科学研究会"，从事抗日进步活动。在校期间，郭海长加入了中国共产党。1941年3月，他负责党的外围组织"河南大学读书会"，并参与创办《青年文艺半月刊》，连续发表文章揭露国民党顽固派的种种倒行逆施，为"河大"的抗日救亡活动做了许多有益的工作。后来他转学到重庆复旦大学历史系，与"河大"党组织失去了联系。在重庆，郭海长与刘国明、姚雪垠、罗绳武酝酿成立了"民主生活励进会"。

匡扶正义　为民请命

1945年9月，郭海长由重庆经西安回到开封，看到开封缺少反映民众心声的报纸。为揭露黑暗、宣传革命，他决心筹办报纸。他本计划使用日伪在汴的报刊出版设备，后来发现已经被国民党当局接收，很是失望。当时，梁建堂以宝鸡《通俗日报》特派记者的身份留在开封，他鼓励郭海长说："创办报纸，只要有钱、有人就行，至于器材等物，可以创刊后陆续购置。"于是，他们便开始着手筹备。郭海长将办报纸的计划告诉了他的父亲郭仲隗，立即得到父亲的支持。郭仲隗时任国民政府监察院豫鲁监察使，在社会上颇有名望。郭海长

郭海长

利用其父的关系，觅得北书店街6号一所比较理想的房子。报纸的申请登记工作短期不好解决，经他四处活动后才被准予先行发行。

《中国时报》很快就于1945年12月1日在开封创刊，郭海长任发行人兼总经理，梁建堂任经理兼总编辑。报头由河南省临时参议会议长刘积学书写。《发刊词》请河南大学著名教授嵇文甫撰写，阐明办报宗旨：一曰扶持正义；二曰倡导学风。版面设计新颖别致，一时风行中州大地，发行量迅速超过5000份，成为抗战胜利后河南的进步思想舆论阵地。创刊第四天，《中国时报》发表了支援昆明学生运动的《反对内战反对盲动》的社论。为反对征兵征粮，又发表了《为河南老百姓请命》的社论。

1946年4月，中共冀鲁豫区党委城工部考察了郭海长的历史和《中国时报》的情况，认为《中国时报》是在开封这样重要的城市开展地下工作的一个比较理想的阵地，于是派李铁林前往开封与郭海长联系。1946年6月，李铁林化装成商人由菏泽来到开封，向郭海长传达了党组织的指示精神，同时带来一笔经中共晋冀鲁豫中央局领导批准资助《中国时报》的经费。从此，报社通过郭海长接受中国共产党的领导，并作为在开封的一个据点，掩护共产党员开展地下活动。由于该报主张和平，反对内战，在揭露黑暗、反对贪官污

吏方面不留情面，刺痛了国民党当局，因此很快成为他们的打击报复对象。蒋介石密令河南省主席刘茂恩查封《中国时报》。后因密电被泄，经多方疏通，预加防范，报纸才得以幸免。

迎接解放　造福开封

郭海长积极参加竞选并当选为河南省参议会的参议员。他利用与河南省国民党上层人士联系广泛、消息灵通的有利条件，向中共地下党组织提供了国民党方面党政军活动的大量情报。郭海长在省参议会内通过刘积学团结了一批有正义感、为人正派的人士，他们不仅参与策动张轸起义的活动，而且后来在信阳以省参议会的名义通电促蒋介石下台，并最后宣布脱离国民党政权，留下了来迎接解放。

郭海长与家人

1948年6月17日，解放军发动开封战役，6月22日战斗结束，开封第一次被解放。郭海长亮出了中共党员身份，华东野战军开封前线司令部经刘伯承、邓小平、陈毅同意后答复郭海长：报纸停办，报社人员以及河南大学一些教授可到解放区去。在几天内，郭海长组织了河南大学教授和其他文教界进步人士嵇文甫、王毅斋、苏金伞等及家属，连同报社部分员工及家属共70余人，于6月24日解放军主动撤离开封前，乘解放军的卡车前往解放区。1948年10月开封第二次解放后成立开封特别市人民政府，郭海长全家回到开封，第二年5月，郭海长代表河南省人民政府前往刚获解放的苏州接收南迁的河南大学。通过陈毅批示，及时调度足够的车皮，将河南大学近2000名师生、家属和众多的图书仪器全部平安运回开封，为河南大学的新生奠定了基础。

苏金伞：寻梦开封铸诗魂

在我有限的阅读中，没有哪个诗人像苏金伞这样，如此地惦念着开封，一生中为这个城市书写了不少华章。他就像一把金色的大伞生意盎然，与时代共进步，与人民同呼吸。他万千情愫凝于笔端，有《埋葬了的爱情》的儿女情长，有《土的气息》里中原大地万千农人的艰辛，还有《登鼓楼》对开封的无限真情。他在《开封是我的故乡》开篇写道："我住在开封，比住在家乡的时间长；我熟悉开封，就像熟悉我的村庄一样；我怀念开封，就像怀念我的家乡一样。"（《苏金伞文集》）多少年了，一提到开封，他就十分激动，常常沉浸在往事之中……

少年汴京行　青春赴革命

苏金伞，1906年出生于睢县。8岁时，村里成立了一所"国民小学"，他成了这所小学的第一批学生，起名苏鹤田。四年后，他初小毕业，考上睢县高等小学，到县城读书。受家庭的影响和教育，苏金伞从读小学时就喜欢读书。高小毕业后，1920年暑假，15岁的苏金伞出门远行，告别故乡的一草一木，和同学结伴跋涉到民权站坐上了开往开封的火车。下火车后，他们好不容易才找到睢县同乡会，安顿下来。苏金伞立志要报考河南省立第一师范学校，因为几所公立学校中只有这所学校每月发放5元生活津贴。竞争很残酷，在2000多名考生中只录取40名。苏金伞虽说竭尽全力发挥到极致，但他仍是心里没底，出考场后一直提心吊胆。经过一段焦急的等待之后，他从睢县同乡会搬进了省立开封第一师范的学生书斋。

省立开封第一师范学校坐落在前营门街，它的前身是著名的优级师范学校。身着布衣的苏金伞在这里不但遇到了名师，而且还融入了五四运动以后如火如荼的革命运动中。充实的学校生活很快就淡化了思乡之苦。那时候，受五四运动影响，学校处于停课状态，他和同学们一起走上街头，宣传抵制日货，还在

20世纪40年代苏金伞在河南大学任教时留影

宋门、曹门等城门口检查日货，查到就烧掉，逮住贩卖日货的奸商就把他游街示众。马道街上的丰乐园原本是个剧场，那时倒成了苏金伞他们这些学生的聚会场所，成了开封市爱国民主运动的中心。后来他们围坐督军府，请求督军赵倜反对卖国条约，在遭遇军警的棍棒后，他一度迷茫。

"在我的老师中，对我的影响最大、感情最深的，自然是嵇文甫先生。"这是苏金伞70多岁后，回忆在开封第一师范求学时说的肺腑之言。正是嵇文甫先生的鼓励和引领，他才走上了一条进步之路。在开封，他接触到白话文和新诗体，眼界大开，思想更新，对新诗发生了兴趣，有时激情上来就想作几句诗。某年秋天的一个休息日，他和同学们到开封城西郊去玩，沙丘上，庄稼收了，只剩下冬瓜。冬瓜满身白粉卧在沙地上，叶蔓已稀疏。他即景生情，吟道："生怕秋来，秋偏不知不觉地来了。"他来了灵感，回校后写了一首诗，发表在校刊上。这是他平生第一首变成铅字的诗。一开始，他就选准了这种清新、朴实、自由的诗体。当时，苏金伞除了爱好诗歌以外，还爱好美术和

踢足球。他的美术是班上第一,省立第一师范学校在 25 周年校庆上专辟了一个展览室展出他的画。青春禁锢在校门里,豪情挥洒在球场上。在师范学校的几年里,他是全校最好的足球运动员,在全市比赛中,每次都为学校争了荣誉。除了踢球,他有空就看文学书籍和进步期刊。

投身大时代　诗歌惊天地

苏金伞后来考上河南省体育美术专科学校,每月有 12 元津贴,加上家里资助的钱,除了伙食费以外,基本上都买书了。《拟拟曲》创作于 1926 年。当时,他家乡的农民为了反抗封建军阀的压迫发动武装暴动,结果被残酷镇压,许多村庄被血洗,无数农民惨遭杀害。消息传到开封,苏金伞悲痛至极,写了一篇短文,以农民对话的形式抒发失败后的心情。他这把篇散文诗命题《拟拟曲》,虽然文句幼稚,但却主题鲜明,寄给创造社主办的《洪水》杂志,很快就被发表了。这是他在全国公开发行的刊物上发表的第一篇作品,它标志着他诗歌创作生涯的开始。

1927 年,蒋介石发动四一二反革命政变,叛变革命,大肆逮捕屠杀共产党人,苏金伞在革命处于最低潮的白色恐怖下,毅然加入了中国共产党。1928 年,他在开封私立两河中学任教时被逮捕,但是苏金伞在狱中仍坚持写诗并创办手抄小报,在难友中传阅。1929 年 8 月,苏金伞刑满释放出狱。出狱那天正值下雨,他衣服都淋湿了,却找不到去处。后来发表在《现代》文学杂志 1934 年 6 月号上的《出狱》,就是写他出狱时的真实情况和切身

20 世纪 30 年代苏金伞与夫人在开封留影

体会。苏金伞出狱后，先后在私立东岳艺术学校、民众师范学院、开封第一高中任教，1932年到河南体育场工作，同时兼河南水利工程专科学校课程。至此，他的生活才算安顿下来，写的诗也多了，《乱葬岗》《雪夜》等就是这个时期创作的。关于苏金伞创作诗歌，还有件趣闻。他家住的体育场前面就是龙亭湖，晚饭后，他常在湖边散步构思诗歌，推敲琢磨诗句。有一天晚上，天很黑，很晚了他还在傻乎乎地边走边想。几个巡夜的巡警看见了，老远就问："干什么的。"但他只顾思考，却没有听见。直到枪口对住他的胸膛，他才醒悟过来，说："我叫苏金伞，就在后面体育场住，刚才我正在考虑写诗。"巡警听了感到可笑，也没有再问，就让他走了。

1937年，体育场解散，苏金伞随河南水利工程专科学校迁往镇平，后又到淅川乡村师范学校、开封女中任教，1939年到河南大学任体育教师。那时河南大学因日寇侵占开封而迁到潭头镇，学校里有不少共产党员，政治气氛宽松，抗日救亡运动非常高涨。苏金伞的感情燃烧起来，创作热情也高涨起来。此时，他的诗歌创作也进入了高峰期，创作技巧也走向成熟，形成了自己的独特风格，不论诗的数量和质量都提高了一大步，在《诗创作》《新华日报》《大公报》等全国性报刊上发表的诗也越来越多，《无弦琴》《睡眠》等就是这个时期的代表作。1946年《大公报》介绍苏金伞时，说他的诗"讽刺深刻而又得体，当世无第二人"。

回忆开封城　最深故乡情

1920年他走进开封，一直到1948年开封解放进入解放区，其间因开封沦陷仅离开过8年，其他时间苏金伞都在开封。1949年，他又调回开封，所以他对于开封，感情是厚重的。那是他读书学习的地方，也是他工作过战斗过的地方。在开封，他创办并主编在《中国时报》上的《诗与散文》副刊，兼任过北仓女中的教员；他还与李蕤一起主编《春潮》文艺月刊，1947年，他们又一起在开封创办《沙漠文艺》月刊。

"可以说我整个一生的历史，在开封这一段是最重要的。"在《何时重回开封》一文中，他深情地写道："一提起开封，我就沉浸在往事的溶液之中，难以自拔。说不出是什么滋味，苦辣酸甜都有，但已融合在一起，加以蒸发升华，只剩下甜蜜。""开封，我太熟悉了，我闭着眼睛也能知道走到哪条街上了，连开封的大风沙也觉得是美好的。"

1980年《梁园》杂志创刊，苏金伞饱含深情地写下了《寻找》，诗人说："我要到开封寻找我的童年／我的身高、体重、肺活量／以及血液的浓度、大脑的容积，都是开封给我完成的。"在诗人的记忆中，他能够在开封找到在哪块墙上夜半贴过传单和标语，在哪家门楼里开过秘密的支部会议。"开封的哪一条大街／我没走过千万遍？"

苏金伞（左一）与曹靖华1981年夏在开封铁塔

1981年苏金伞曾分别陪同张光年、葛洛、姚雪垠及曹靖华同志三次去开封，但都来去匆匆，很多朋友没有见到，很多旧地没有重游，就是见到了一些旧址也是变了模样，深感遗憾。对于苏金伞而言，故乡一切甲天下，他对开封的怀念一直是这样。

风 范

那是一个大师辈出的时代，他们的风范是给后人树立的标杆，他们不遗余力，只为梦想实现。

杨廷宝：建筑大师从这里起步

名师启蒙　少年发奋

杨廷宝，字仁辉，1901年2月生于南阳。父亲杨鹤汀不但是同盟会成员，而且是教育家，他兴办公益，创办学校，开办工厂、农场，走教育救国、实业救国之路。杨廷宝的母亲知书达理，能书善画，却在生杨廷宝时因大出血去世。为此，杨廷宝一生都不过生日。

1906年，年方5岁的杨廷宝即入读私塾，在先生的教授下，先读《百家姓》《三字经》《千家诗》，然后又读《诗经》《论语》《孟子》，每本书必从头背到尾，外加书写大小楷。杨廷宝十分厌恶死记硬背，渐渐产生了辍学思想。离开私塾的几年中，杨廷宝在家临摹书画、阅读诗词。1910年，父亲送他到南阳

杨廷宝

城里一所小学读书，寓居在城中心联合街的一座四合院。1911年，时为南阳同盟会负责人之一的杨鹤汀先生组织革命武装，准备伺机起义。不料，机密泄露，杨鹤汀被清政府通缉。杨廷宝随家人星夜逃亡。1912年2月，革命军光复南阳，杨鹤汀被推举为辛亥革命后首任南阳知府。3个月后，杨鹤汀因反对袁世凯而力辞知府一职。杨廷宝的父亲与南阳名士王圜白先生是很好的朋友，于是就让杨廷宝跟王先生学习。王先生品德高尚、学识渊博，民国时期曾任河南通志馆协修，主编过

1982年杨廷宝与夫人在米芾的祠堂前留影

地理志中的山脉水系。王先生在学业上给予杨廷宝很大的帮助，使杨廷宝对美术和建筑设计产生了浓厚的兴趣。王先生还是知名的武术高手，杨廷宝跟这位恩师学会不少健身之术。杨鹤汀先生见儿子大有长进，于是就想让儿子投考河南留学欧美预备学校。

在汴学习　努力进取

因为杨廷宝不是正规学堂的毕业生，没有学习过写古文，王圜白先生便一点一点地给他讲，每次讲完后，还当面命题，现场作文。最后，王先生再一点一点批改，一句一段讲评，直到杨廷宝基本上掌握了古文的写作要领为止。

1913年，12岁的杨廷宝在父亲和王圜白先生的鼓励下，离别南阳，到省会开封报考河南留学欧美预备学校。发榜那天，杨廷宝从红榜的第一行起，

一个个名字看过去，几十名正取生看完，也没找到"杨廷宝"三个字，直到在备取生最后一行才发现他的名字。20名备取生中他是倒数第二。杨廷宝感到非常绝望，但是吉人自有天相。在备取生中有一个省城达官贵人的公子，他在一群保镖的簇拥下，吆五喝六地来到学校，大吵大嚷道："什么正取、备取，统统要取。"学校慑于他家的权势，就把备取生全部收录进来，编入最差的丙班。

河南留学欧美预备学校是一所新式学校，注重外语，请了不少外籍教员，校规甚严，平时严禁外出，每晚都要查房。学制五年，功课比一般中学要深，二年级以上的史、地、理、化等课全用英文课本。杨廷宝他们是该校的第一届学生，备受校长、河南著名教育家林伯襄先生的器重。林校长的言传身教极大地激发了杨廷宝的进取心，第一学年，他就以丙班第三名的优异成绩并入甲班，第二学年跨进甲班前五名。

1915年，河南留美预备学校由于经费拮据，要缩小规模，校方鼓励学生报考北京清华留美预备学校。当时，清华留美预备学校已名扬神州，考试录取严格。首先是重点学校推荐，接着由省会设立的提学使与清华留美预备学校派大员监考初试，最后省试录取生再赴京复试。这一年，清华留美预备学校仅在河南分配7个录取名额。入读河南留美预备学校仅两年的杨廷宝，念念不忘"有志者事竟成""要学文化、学科学，要有一技之长"的父训，由校方推荐报考了清华留美预备学校。初试揭晓，他名列全省考生第一；两个月后，北京复试，在河南录取的7名考生中，杨廷宝仍旧名列第一。

为国争光投身建筑

到清华留美预备学校后，杨廷宝又连跳两级，与长他两岁的闻一多在一个班学习。他们都酷爱美术，志同道合，除共同为校刊《清华季刊》和《清华学报》设计版面和插图外，还常常在周末相约出外写生。青少年时代的杨廷宝除喜爱美术外，对天文地理等也有着广泛的兴趣，但是为什么最后却走上建筑这条道路呢？他在回忆中常说："我在清华的6年，学校正修建大礼堂、图书馆、体育馆与科学馆,从砌墙到盖顶,我都经常去看。我看到房屋建筑涉及知识非常广泛,能满足我多方面的兴趣,因此便选择了建筑专业。"1921年秋,杨廷宝考入美国宾夕法尼亚大学建筑系,仅两年半就学完了4年的课程。当时,美国经常搞建筑系学生设计方案评奖活动,杨廷宝以他精湛的作品获得1924年美国城市艺术协会设计竞赛一等奖和艾默生设计竞赛一等奖。费城等地的几家地方报纸曾先后刊登过他的事迹和照片。他的两件设计作品还被选进《建筑设计原理》一书,这本书后来成为20世纪三四十年代许多国家大学建筑系的教材。

1936年杨廷宝拍摄的开封龙亭照片

1932年,回国后的杨廷宝受聘于北平文物管理委员会,参加和主持古建筑的修缮工作。1936年9月,他在《中国营造学社汇刊》第六卷第三期发表了《郑汴古建筑游览纪录》,文中详细介绍了开封铁塔、繁塔等古建筑。这个时期他还在开封设计了天主教本笃修女会修女楼(现开封宾馆二号楼)。如果不是身临其境,如果不是心怀崇敬,你是感受不到二号楼的设计灵光与大家闺秀的气质和风范的。二号楼采用坡屋面,灰瓦歇山顶,清水砖墙,白灰勾缝,共有四个出入口,正门居中亭亭玉立,门庭采用两柱式歇山挑角门廊。

整座建筑采用砖木结构，木屋架、灰筒瓦，屋脊吻兽和烟囱增加了建筑的立体空间。我曾经怀想那个名叫罗素英的天主教本笃会修女和另外三位修女从美国到中国时感情。二号楼做工十分细腻，装饰秀丽雅致，门窗采用清末花式，制作精细优美，朱红油漆格外醒目，各入口处有垂花柱和透花雕饰，造型精美。整座建筑色彩搭配协调，既有东方建筑的婉约，又有西方建筑的豪放，中西合璧，堪称近代仿古建筑的典范。

杨廷宝先生长期致力于建筑学教学工作，为国家培养了众多人才。

冯玉祥：建设新开封

冯玉祥在1927年6月就任河南省政府主席，这是他第二次主持河南工作。蒋介石为了拉拢冯玉祥，于1928年2月来开封与他共商北伐大事。冯玉祥说："我常跟外国朋友闲谈。他们总说中国只有村庄，不见花草，我告诉他们说，中国不是没有花草。中国的花草都是养在私人家里，不会种在公共的地方。他们对这种习俗，很觉奇怪，我也觉得这是自私的办法，实不合理，因此我有意要在各处添设公共花园，以为社会倡导。"（《冯玉祥回忆录》第395—396页）冯玉祥主政河南的时候，在开封推行一系列改革，加强城市建设，特别是一些园林开发和公共建设，为当时的社会增添了不少休闲去处。

冯玉祥主持河南省政府工作办公楼

改建中山公园

冯玉祥是孙中山的忠实追随者,他在开封不但扩建了中山路,而且还把当时的龙亭公园改建为"中山公园"。龙亭公园旧址原为清代康熙年间的万寿宫,嘉庆年间增修龙亭。1925年胡景翼都豫的时候,成立开封市政筹备处,筹款4万元左右,把清代的龙亭改建为龙亭公园。冯玉祥经过会议研究决定,把它更名为"中山公园"。

具体设计的是李驹。1912年,李驹长兄李骏获得公费留学法国,他随兄一起赴法学习,1914年在巴黎和兰斯预备学校补习法文,并学完初、高中课程。第一次世界大战爆发后,预备学校被德军占领。李驹得机会到了柏林和瑞士,参观了柏林和瑞士的公园和风景区,从而确定了他学园艺专业的志向。1915年,他考入法国南部的农业学校,1917年秋考入法国高等园艺学校继续深造。他刻苦钻研造园学和观赏植物学,毕业后获园艺工程师称号。在法国学习期间,学校注重教学实习和实际操作锻炼,加上他经常进行实地考察,所以很快掌握了造园设计和植物栽培技术,提高了园艺场和农场的管理技能。他酷爱造园事业,渴望能为祖国人民建立休息活动的公园,培育优良品种的园艺场。为此,他放弃了利用其兄在法国担任中国驻法使馆秘书和驻巴黎领事的关系而能留法工作的机会,谢绝了多家公园、园艺场的高薪聘请,于1923年初怀着科学救国的热情回到了祖国。回国后他立即补习汉文,并开始调查研究祖国的造园学、园艺学。1926年,李驹被河南中州大学(现河南大学)聘为教授,任园艺系主任兼农场主任。当时,园艺系还有留法归来的河南唐河人郭须静教授。省政府曾让郭须静筹建龙亭公园,李驹到来后,设计任务就由李驹接手了。1927年,李驹运用国外的理论并结合国内实际,设计了中山公园,受到了河南省政府主席冯玉祥将军的好评。他把原来的建筑进行了修缮,公园最南端是一个牌楼,门额上书"中山公园",东西两副对联曰"遵守总理遗嘱;实现三民主义",旁边还有"自由""平等"字样。在公园大门内照壁前,新建"革命殉难者烈士暨阵亡将士纪念碑"一座,东侧建有地球场,西侧设有平民游艺室。龙亭台上改为"中山俱乐部"。东偏院原来的清虚堂改为图书室,西院的辟为茶社。龙亭围墙外东阁改为金声馆,以纪念冯玉祥的部下郑金声;西阁原来是关帝庙改为黄花馆,以纪念黄花岗起义阵亡烈士。

创建革命纪念园

"革命纪念园"始建于1927年11月下旬,园址在开封城南郭屯的西南角,紧临开封至朱仙镇大路,前后共有两个大门,四周是高高的土墙,墙外种植有柳树,里面安葬的是国民革命军殉难将士。1927年11月上旬,奉鲁联军从豫东和豫北分两路进犯开封,国民革命军分头迎击,白刃肉搏,战死者不计其数。冯玉祥深痛烈士无葬身之地,于是在城南购买120亩地用以安葬死难将士。为了纪念死者激励生者,冯玉祥令河南省政府在此地创设一个"革命纪念园",莳花种木,修建亭宇,以慰忠魂。"革命纪念园"分为4部分,由前门入内,是一个砖砌的花园,里面有4个小草亭和两个小门,花园种植花草无数。花园西侧建有庭院一处,有上房7间,为烈士祠,陈列烈士的遗像和相关牌匾等。南厢房7间为学校,北厢房7间是古玩陈列所和图书馆。花园的南侧是一个菜园,供职员四季菜蔬,花园北面是烈士坟墓。

建设开封市公园

开封市公园是冯玉祥当年的大手笔,在开封火车站附近征用土地40余亩,是当时河南第一个大型公园。如今在开封市已经很难找到当年开封市公园的遗存了,仅存的是阵亡烈士纪念塔,依然矗立在火车站北、中山路南段的马路中央。塔由塔基、塔身组成,塔基呈圆形,由三层青石砌成。塔身为六棱圆柱形,下粗上细,直插蓝天,通高23米,具有欧式纪念性建筑物。

开封市公园大门

开封市公园于1928年4月正式修成，向群众开放。公园内分三部分，中世界园，南为休憩场所，北为运动场。中部世界园，分设亚洲部、欧洲部、非洲部、澳洲部、北美洲部、南美洲部，每洲各国都以该国的名胜古迹模型作为代表。世界园是该公园的主体，其宗旨是使游园者不仅身心得到休息，而观赏景园能知世界之大概，是既娱乐而又兼受地理、历史知识教育的设施。园中每个国家，除了有一处或几处特别名迹外，另有标语说明其国名，还有一杆该国的国旗作为标志。世界园中的中国部分，除各大都市外，还对有关的"丧地国耻都端，评加指明"，对游客进行别开生面的政治教育。此外，还在中国部南部修八角亭一座，平民俱乐部一所。北部建六角亭两座。公园北部为运动场，除儿童游乐项目外，还有铁杠、篮球场、旱地滑冰场等。

在世界园中央建立一座革命纪念塔，建塔的初衷是为纪念冯玉祥的挚友成慎。成慎为赵倜部下第一师师长，冯玉祥当年是吴佩孚所属混成旅旅长，吴佩孚与赵倜有矛盾，赵发觉成慎于己不利，将成慎解职，冯与赵也有矛盾，吴佩孚遂怂恿冯、成反赵，成亦返回旧部，在开封发动反赵活动。吴佩孚先是坐观成败，后又迫于奉系军阀的压力，转而支持赵倜，出兵迫成慎缴械。成慎遂愤而自杀。冯玉祥对挚友的遭遇十分痛惜，对吴佩孚的行径更为不齿，主持豫政后首先就大张旗鼓宣扬成慎。但后来冯玉祥在与其幕僚中讨论过程中，修改了

开封市公园中国部里面的武汉黄鹤楼微缩景观

其设想,纪念塔改名阵亡将士纪念塔,以纪念国民军历次战役中殉难的将士。

　　在世界园的中国部当时建造有孙中山铜像一座,后来不知道什么时间移到中山公园原来真武殿遗址前,开封孙中山铜像是国内外建起的第一尊孙中山铜像。该公园的大门在南部,门楣为"开封市公园",建有八角亭一座、俱乐部一所、土山二座,其下有鱼池、莲花池等,池中有喷泉,水源由自设之机井及水塔供给,喷水源源不断。此处现为中山路一小的校址。

开辟开封新公园

　　开封新公园在中山路南街路西,原系萧曹庙旧址,东西宽南北窄,面积约3亩左右。1928年4月,冯玉祥命省府利用此地址创设开封新公园,除给人以休憩之外,教育意义也十分突出。当时园内有一中国地理小模型,有黄河、长江、珠江和鸭绿江四大河流，昆仑山、喜马拉雅山、天山、阿尔泰山四大山脉，京汉、陇海两大铁路，并将我国自鸦片战争来被列强侵占及割租的港湾、领土——标出，使人触目惊心。纪念性建筑有中山陵墓、冯玉祥五原誓师受旗模型、金声亭、金铭亭、从云亭。园内花草禽兽错落有致，是风格独特的文化休憩公园。

另外，冯玉祥还在省政府前营建省政府平民公园，给民众不断开辟休闲娱乐场地。在开封，他倡导普遍种植国槐。1927年，冯玉祥指令开封各街道要种植国槐，绿化环境，并写植树歌："老冯我在汴州，小树栽得绿油油，谁毁一棵树，就砍他的头。"

建设书香开封

冯玉祥把相国寺改为中山市场之后，就把中山市场的西厢房改为平民图书馆。图书馆于1928年1月竣工，2月1日开馆。馆内有书柜十余

屹立在开封铁塔公园的冯玉祥塑像

个，阅报桌两张，书籍数百种，阅读桌椅数十套，满足了平民学习的需要，免费开放。

中山图书馆于1928年2月由鼓楼旧址改建，同年6月14日正式对外开放，该馆设有国耻部、图书部、阅报部，分设在鼓楼的上、中、下各层内。当时省教育厅还在鼓楼附近修建一座建筑作为参考室和阅报室，并修一座天桥连接鼓楼。该馆每月阅报人在7500人以上，阅书者6000人以上，对全市人民教育影响很大。当时政府将原鼓楼街改为图书馆街，相国寺后街改为图书馆西街，学院门街改为图书馆东街。

冯玉祥是个有情有义的人，对部下很有感情。郑金声是冯玉祥的老朋友，1928年任第八方面军刘镇华部队的副总指挥，在与张宗昌部作战时，刘部有一部分叛变投敌，郑金声被张宗昌俘去杀害。冯玉祥为了纪念郑金声，指令在大南门城楼上设立金声图书馆。金声图书馆分楼上和楼下两部分，楼上备有二书橱、书架，书籍摆放整齐供人借阅。楼下中间为阅报长桌，两旁是连椅，周围是书架和报纸架，墙上是各种标语和图表，中间是郑金声的遗像。室外为走廊，有菱形花坛，内植花木，环境清幽。

1928年，河南省政府拨款对位于文庙街的河南学生第一图书馆重新加以修整，改名为河南市民图书馆。1928年6月，冯玉祥令省府拨款5万元给河南图书馆改良建筑，扩充设备，将前旧式大门拆除，建西式大门三间，瓣香楼前面的厂棚改建为西式门窗，共计房舍60间，约962平方米，大大缓解馆舍不足的矛盾。同时增设流动借书车和巡回文库，辟设普通阅览室、杂志阅览室、平民阅览室、新闻阅览室、善本书阅览室等，阅览人次从每年不足7000人增至11万人。

冯玉祥在第二次主豫的时候，在开封共开设了20多座图书馆。一些学校、公园等场所也建有图书室，以供读者借阅观览。如：省政府平民公园西部设有平民图书室，有普通阅书室和妇女阅书室；河南省立平民学校设有三处平民图书馆，所藏书刊以平民读物为多，其事务由学校教员负责管理，并指导校外民众及校内学生阅书。冯玉祥支持建立的私立中原民众教育馆，内设图书室，有图书千余册，杂志20多种和部分主要报纸的合订本。

姚雪垠：结缘开封奋发路

勤奋努力　考取预科

1929年春，19岁的姚雪垠不甘心失学在家，不甘心被命运捉弄，带着年少的梦想从南阳老家到省城开封寻找出路。他看到了北道门河南省立水利工程专门学校的招生的一张广告。该校由张钫倡办，刚刚起步，招生专科班和高中班。姚雪垠有些动心，决定报考，后又因偶遇邓县一老乡劝阻改报河南中山大学（1930年正式更名为"省立河南大学"）预科。考预科要交验初中毕业文凭，姚雪垠不但没有文凭，而且初中都没毕业，他有些为难。同乡主动帮忙，替他造了一假文凭，姚喜出望外。离考试只有三个多月的时间，他只上过三年小学、短暂的教会初中且长期失学，根基略差，只得拼命复习。古城小巷的昏暗路灯，曾经

姚雪垠

拉长他掩卷沉思的身影；开封街头的车水马龙，一度掩盖他孜孜不倦的书声。那一年的春夏，在极度贫穷中，经过紧张准备，暑假后他考入河南中山大学法学院预科学习，9月就在《河南日报》副刊，以笔名"雪痕"发表处女作短篇小说《两个孤坟》，显示了他在文学方面的才华。

入学不久，他就参加了中国共产党开封地下市委领导下的学潮委员会及其组织的活动。在河南中山大学法学院预科的短短两年中，姚雪垠受到了深刻的政治思想教育。他如饥似渴地读了一些介绍马列主义的书籍，初步掌握关于历史唯物主义、辩证唯物主义以及马克思主义政治经济学的常识，对他以后的学习起了启蒙和引路的作用。当时，文学界正在继续鼓吹普罗文学运动，同时大量介绍苏联的新作品和文艺理论，极具冲击力量，呼唤着文学青年们投身到革命的政治斗争中去，以文学为武器同反动势力战斗。它的积极方面对姚雪垠的影响巨大，使他对文学的使命有了新的认识。在开封学习期间，他读了梁启超的《清代学术概论》，清代大家的治学精神、方法和严肃态度使他深受教育，同时也从当时方兴未艾的古史辨派受到很大启发。姚雪垠后来回忆说："开封的两年学生生活，是我一生的关键年代。"在这里，奠定了他未来发展的道路。

有志青年　　开封结缘

1930年8月，姚雪垠因参加共产党的外围组织"反帝大同盟"，被当局以"共党嫌疑"为名逮捕。他被审讯、关押四天，因查无实据，后被同乡王庚先保释重回学校。

王庚先1905年公费赴日本留学时加入同盟会，回国后投身于地方教育事业。武昌起义后，为响应辛亥革命奔走开封、杞县等地，联络同盟会员，与河南志士张钟端秘密联络举义，担任副司令。1928年，应河南省建设厅长张钫之邀到开封兴办工厂，后创设国货市场，以抵制洋货。一个为人正直、思想进步的知名人士慧眼识珠，看中了青年姚雪垠。王先生认为他相貌端正、英俊潇洒、聪明好学、才华出众，有意选他做乘龙快婿，于是托人张罗此事。

女方叫王梅彩，年方17，书香门第，知书达理，是一名大家闺秀。于是二人开始交往，互诉衷情。那一年的寒假，霜冷长河、雪打铁塔、风吹思绪，在"河大"校园，姚雪垠和王梅彩漫步在甬道上，红尘路上相思苦，千年贡院相见欢。1931年5月，由袁介亭做媒，他们在开封结了婚。二人相濡以沫、患难与共，并肩走了近70年风雨岁月。

1946年国立河南大学邓县同乡欢迎姚雪垠返回开封

早期"滥觞"酿成巨作

婚后的姚雪垠回到学校后一如既往，继续参加共产党领导的学生运动。1931年的暑假，他被学校以"思想情误，言行荒谬"为理由，挂牌开除。因怕再次被捕，当天下午，他单身逃亡。到北平后，他开始想通过自学做一名马克思主义的史学家或文学史家，后因贫病交加，为活所逼，只好靠投稿谋生，从此走上了文学创作的道路。

九一八事变那年冬天，姚雪垠因失业回到开封，同妻子住在岳父家中，有时在家看书，有时到河南省立图书馆看书，阅读的较多的是文学和历史方面的书。在河南省图书馆他偶然发现了记载李自成三次进攻开封的两本书，一是李光壂的《守汴日志》，一是周在浚的《大梁守城记》。这两本书给他的印象很深，多年不能忘怀。这是他接触明末农民战争史料之始。"不料后来它会成为我对明末农民战争史料发生兴趣的引线之一。""人们治学问，中年以后重要成果往往起于青年早期的'滥觞'之微，这情形并不少见。"（姚雪垠，《青年早期的"滥觞"——《李自成》诞生记》）"我今天在小说创作中能获得些微成绩，能开辟我自己的道路，与青年时代打的基础不能说没有关系。"（引自姚雪垠《我的道路》）

姚雪垠的处女作《两个孤坟》

出版刊物宣传革命

姚雪垠同王国权、苗化铭等几个朋友在东大街东口路北街开了家"大陆书店"，这里一度成为中共开封地下党的联络站。他们在此出版了一期《大陆文艺》，接着又出版了《今日》杂志。1934年，《今日》杂志刚出第二期，"大陆书店"遭到国民党查封,刊物被查禁,书店的一位店员被抓走。在此情况下,姚雪垠同王国权、苗化铭逃离开封,到巩县王国权家中躲避了一段时间。

王毅斋于1932年8月在杞县创办了私立大同学校,曾多次邀请姚雪垠到大同学校中学部任教。他"经常穿着一件蓝布长衫,次襟上插着一支钢笔;讲起课来从不拘于课本,总是借题发挥,宣传革命思想,语言充满了感情。有时激动起来竟热泪盈眶,使我们深受感动。饱满的激情,儒雅的风度,使姚老师很快便赢得了学生们的敬爱"。(穆青《忆雪垠老师》)姚雪垠还和教师赵一萍、梁雷共同创办了文艺刊物《群鸥》,在北京出版发行。当时像穆青等许多学生都是从姚雪垠等进步教师那儿得到文学启蒙,以后走上了文学创作和革命道路。

1937年8月,姚雪垠回到开封,遇到刚从日本回来的王阑西同志,姚告诉他打算去延安。当时嵇文甫和范文澜两位同志都在河南大学任教,在青年中威望很高,他们都希望姚雪垠留下来办刊物。于是,由他们出面联络一批发起人,在寺后街河南大旅社召开河南文化界抗日救亡座谈会,决定创办以宣传救亡图存为宗旨的《风雨》周刊。刊物的名称定为《风雨》,取"风雨同舟"之义。该刊社址设在开封同乐街41号。9月12日,《风雨》周刊在开封创刊,姚雪垠、嵇文甫、王阑西任主编。《风雨》周刊虽然是一个综合性的刊物,但刊登的文艺作品、抗日救亡文艺理论、文学思潮研究方面的论著却相当多。不久,《风雨》成为中共河南省委的机关刊物。《风雨》周刊积极宣传中国共产党的抗日救国纲领,呼吁各阶层人士团结御侮,探讨保卫河南、保卫中国的救亡途径,成为中共河南省委发动民众组织救亡的坚强喉舌,有力地配合了河南当地共产党的中心工作。

1938年,姚雪垠由开封去武汉,参加了由中国共产党领导的文艺界统一战线组织"中华全国文艺界抗敌协会"。

张仲鲁：教育革新留史料

张仲鲁，河南巩县人，1895年出生，曾留学美国，于1923年回国。他曾先后两任焦作工学院院长，北京清华大学总务长，南京中央大学教授兼总务长，并曾三度出任河南大学校长，还担任过国民政府河南省建设厅厅长。1949年后，他曾任河南省交通厅厅长和中央燃料工业部、煤矿管理总局等单位的领导职务。在开封，繁塔脚下曾留下他少年求学的身影，铁塔风铃曾摇曳他中年励精图治的神情，古都开封，幽深的小巷有他为钩沉历史而洒下的诗行。

著名教育家张仲鲁

立志振兴中华发奋努力学习

少年时代，张家已经家道衰落。父亲远赴陕西，张仲鲁自幼跟随母亲和兄长在家耕读生活。由于家境贫困，他到9岁的时候才入私塾读书。三年后，在家人的资助下他得以到县城高等小学堂读书。1908年，他考入中州公学中学班。这所学校由河南省教育总会会长李时灿、副会长郑思贺创办，校址就在开封南关繁塔下原"明道书院"内，时值王锡彤、杨勉斋主持学校工作，比较民主，追求进步。当时，孙中山创立的同盟会河南分部的秘密机关就设在这所学校里，所聘教员多为学有专长的同盟会会员。张仲鲁从这些老师的言传身教中，不仅学到了坚实的文化科学知识，而且接受了反帝爱国的民主的启蒙教育。年轻的张仲鲁怀揣梦想，开始寻求救国救民的道路。1910年，他考入北京清华学堂，接触到不少新知识。1917年张仲鲁回河南开封参加公费留学生考试，以99分的成绩名列榜首，第二年赴美国学习，最后获得哥伦比亚大学工学硕士学位。1923年秋，张仲鲁回国就任焦作福中矿物大学校长。1927年6月，张仲鲁回到开封，这个时候，冯玉祥主豫，张仲鲁就在河南省建设厅第三科任职，主管工商矿，后任河南省立中山大学教务长。

三任河大校长进行教育革新

1930年，张仲鲁在清华大学任总务长，6月，张嘉谋、李子和等河南名流学者到北平敦请清华大学文学院院长、豫籍学者冯友兰回省担任校长。"是时中原大战正酣，冯在北京学术界威望很高，认为回省既须冒战事风险，又要抛弃他在故都的学术地位，于是坚决谢绝回省。各代表衔命而来，势不能空手而回。"于是，诸位代表与冯友兰商议推张仲鲁回去任校长，经过冯的推动和代表的敦促，张认为"时觉服务桑梓义不容辞"。于是，张仲鲁自清华大学辞职回到河南开封，就任河南中山大学校长。这年8月，他亲自主持校务会议，决议将河南中山大学改称河南大学，并改文、理、法、农、医5科为5个学院，递呈省政府、国家教育部，获得批准"省立河南大学"。自此，河南大学正式命名。9月，他宣布自己任校长期间"河南大学5年发展计划"，深受教职工及学生欢迎。中原大战冯玉祥失败后，1930年10月，他被免去校长职务，改任省府参议。

1933年8月，张仲鲁第二次出任河南大学校长。他向全校公布《河南大学组织规程》，精简行政机构，紧缩行政开支，但不惜重金聘任郭绍虞、嵇文甫、张静吾等著名学者和教授到校任教，立下雄心壮志要切实完成他在1930年制订的"河大"发展计划。但这一计划却遭到国民党军统分子的抵制和反对。1934年8月，张仲鲁被迫辞职，改任河南省政府委员。

1944年春，日军进犯豫西，国民党军队再次大溃退，河南省政府迁至内乡，张仲鲁去职到重庆。教育部部长陈立夫找他谈话，要他立即返豫，重掌河南大学，张仲鲁坚决谢绝。陈立夫说，这一任命蒋介石已经批准，就差提请行政院会议通过。陈立夫说"河大"破烂局面，非张仲鲁去收拾不可。第一是因为张仲鲁曾任过两次校长，内外情形熟悉；第二是因为张仲鲁在河南声望还好，容易得到河南各界的援助；第三就是张仲鲁与河南省政府主席刘茂恩是同乡，随时可以取得他的帮助。1944年10月，国民政府行政院任命张仲鲁为"国立河南大学"校长，这是他第三次主校，受命于危难之间。

抗日战争爆发后，河南大学首迁镇平和鸡公山，开始了流亡办校。1939年5月，为躲避日军进攻，河南大学再迁嵩县潭头。1944年春，日军向豫西进攻，5月，嵩县、潭头先后沦陷，部分师生遇难，图书、仪器被付之一炬，损失惨重。师生再次仓促出逃，历经月余才陆续迁到豫、鄂、陕交界处的荆紫关。这时，河南大学处于极其困难的流亡时期，师生已是"嗷嗷待哺，不可终日"。张仲鲁亲自到重庆各处募款400万元及大批医药用品解决教职工及学生的燃眉之急，使学校教学、科研在短期内恢复到比较正常的状况。他对校内中共地下党的进步活动尽量给予掩护，对蒋介石的反共卖国行径表示出强烈的不满。

回忆河南大灾　留下珍贵文献

1957年，张仲鲁被错划为右派，曾在焦作、鹤壁劳动，后调入开封市政协从事文史资料工作，撰写了《焦作工学院始末》《回忆我在河南大学时期的派系斗争》《关于一九四二年河南大灾的见闻》等文稿。特别是《关于一九四二年河南大灾的见闻》被宋致新收入《1942年，河南大饥荒》一书，影响很大。该文在1987年首发于《开封文史资料》第五辑，后来刊发于《河南文史资料》。

张仲鲁先生在《关于一九四二年河南大灾的见闻》中说："对1942年的

灾情，我们老一辈人都亲历目击，至今不仅记忆犹新，而且创痛巨深，每一念及，犹有余痛。"当时张仲鲁任河南省建设厅厅长。1942年夏，蒋介石在召开军粮会议决定减少1942年河南军粮配额后，河南省政府即指派大员分头出发，一面督催军粮，一面视察灾情。张仲鲁是被派的大员之一，担起荥阳、郑县、新郑、密县、郏县、宝丰等县的视察任务，途中所见到处是成群结队的灾民向南乞食逃荒，走不动的即倒毙在途，几个蒸馍即可换得一个儿童，其凄惨景象令人心酸。他在方城外见到一对夫妻因无法生活，丈夫便出卖发妻。分手时，妻子对丈夫说："我的裤子囫囵一些，咱俩脱下换一换吧！"丈夫听后立刻与妻子抱头痛哭，说："我不卖你了，咱俩死也死在一起！"在视察途中，他看到一列火车进站，灾民争相攀登，不管多么危险都在所不计。火车行进途中开进涵洞，因车顶坐人太多，且超出涵洞高度，被洞口阻挡而纷纷坠地，顿时血肉横飞，摔死者不计其数。有的母亲已经断气，而食奶的孩子仍在噙着奶头吸吮哭泣……

日军占领开封后实行残酷统治，图为日伪时期的集会

张仲鲁在回忆文章中揭出一个惊人内幕：一直到1943年春还对河南大灾佯装不知的蒋介石，其实早在1942年8月至9月就已知河南有灾。他亲赴西安，在王曲第七军校召开了"前线军粮会议"，并下令迅速把西安的粮食调运河南，以确保河南驻军的军粮。国民政府1942年拨给河南用于购买平粜粮的数亿元巨款，由河南省政府和农工银行的一些官员经手，他们利用职务之便，勾结奸商，贷放车皮，囤积居奇，中饱私囊，直到1943年春新麦快熟的时候才把高出市场价的发了霉的"平粜粮"从陕西运到河南，强迫灾民购买。这非但没有起到救灾的作用，反而加重了灾民的苦难。张仲鲁作为当时被派出的"大员"和亲历者，他的回忆文章，使被时代风沙深深掩盖的河南大灾真相逐渐显露出来，为后世留下了珍贵的文献。

曹靖华：梅香暗冻骨弥坚

他，经历了清末以来我国历史上各个不同的阶段，留下了很多传奇故事；他，曾在莫斯科东方大学读书，与瞿秋白结成挚友；他，曾被李大钊先后派往开封、广州革命军所在地当翻译；他，与鲁迅、韦素园等人在北平成立"未名社"，鲁迅曾多次甚至抱病为他的译稿写"小引"，并设法出版；他，在周恩来直接提名和领导下，参加中苏文化协会和中华全国文艺界抗敌协会的工作，主编"苏联抗战文艺丛书"。他，孜孜不倦、坚韧不拔；他，译著等身，堪称一代宗师。他就是曹靖华，开封是他参加革命工作的起点，他在开封学习工作将近6年，留下了青春美好的记忆。开封，是他的第二故乡。

志存高远求学开封

1897年的8月11日，曹靖华在河南卢氏县五里川路沟口村出生。其父20岁时在陕州考上秀才后，为改变家乡"山行使人塞，山性使人滞"的落后面貌，放弃仕途，"躬居山曲，设校授徒"。曹靖华7岁时拜师启蒙，取名"联亚"。曹靖华勤奋好学，诵读经典，接触了谭嗣同的《仁学》和梁启超的《少年中国说》等进步文章。在良好的家教氛围中，1913年，他以优异的成绩考上卢氏县高等小学，1916年考入位于开封市大纸坊街的河南省立第二中学。由于家境贫寒，他经常在校外马路上与人力车夫同吃窝窝头充饥。曹靖华学习勤奋,刻苦钻研,各门功课都很优异。

1919年的开封,在庆祝第一次世界大战胜利的游行中,学生高喊"还我青岛""抵制日货"。五四运动已经波及中州,爱国学子开始抵制日货,凡以前购有日货的,纷纷主动交出,并当众烧毁。那时,风华正茂的曹靖华不但参加学生会,还到商店检查日货,他一度从早到晚坚守在宋门检查日货,每遇有入城货物,便贴上封条,登记。随着时间的推移,运动的性质和规模也日益扩大和深入,由抵制日货、反对帝国主义,进而扩大到反对封建制度,要求民主,要求个性解放、社交公开、言论自由、婚姻自由,反对文言,主张白话,等等。他参加宣传队,沿街向民众宣传当前形势,呼吁各界一致奋起。回忆起当年参加救国救民运动的情景,曹靖华后来在文章中说:"五四运动的怒涛,把我从读死书的课堂里冲出来。"他打着"抵制日货""传播新思想""介绍新文化"的旗子,在街头宣传,出售进步报刊,如《湘江评论》《每周评论》《新青年》,等等。

创办青年学会和《青年》半月刊

1919年冬,河南省立第二中学的一小部分学生,尤其是毕业班的几个站在爱国运动前列的进步学生被曹靖华组织起来。年轻的学子满腔热血,从微薄的的生活费中挤出钱来,每人交会费一元,组成"青年学会"。他们主张吸收会员"宁少毋滥",以图通过吸收思想进步和擅写文章的会员,进一步加强新思想的传播。

青年学会的宗旨是:发展个性的本能,研究真实的学问,养成青年的真精神。信条是:奋斗!诚实!宏毅!勤俭!(《青年》第三期)征求会员不拘国别、种别、性别,如稍后加入的蒋侠生(后改名光赤,即蒋光慈)就是芜湖安徽省立第五中学的学生,宋若瑜(后同蒋光慈结婚)就是开封省立第一女子师范的学生。青年学会的活动比较广泛,不仅反日救国,反封建,还介绍新思想、传播新文化。

1920年1月1日《青年》半月刊出版,这是一种和《每周评论》版式相同的四开四版铅印的报纸型刊物。《青年》发刊的第一句话就是："'五四'这个惊天动地的大运动以来，今天的中国，不像从前的中国了，今天的中国青年，也不像从前的青年了。"《青年》半月刊在北京印刷，每期发行四五千份，行销省内外。

曹靖华在开封创办的《青年》创刊号

他们满怀愤慨，向一切不合理的社会现象展开猛烈冲击。他们举起离经叛道的大旗，反对家长制，反对纲常名教，反对奴隶教育，反对社会上一切不自由、不平等现象。他们要求个性解放，主张男女平等、婚姻自由，反对读死书，主张工读互助、劳工神圣，痛恶社会上一切不劳而获的寄生虫生活。曹靖华在《青年》第五期上发表《男子去长衫女子去裙》，表示最钦佩的就是那头脑单纯、人格高尚、着短衣的劳动人民。

1920年，曹靖华赴上海参加全国学生联合会，从此，河南的学生运动进一步和全国学生运动的革命洪流融合在一起。

青年学会是五四运动以后开封出现的一个较有影响的中学生进步社团；

青年学会会员的思想演变，是五四运动以后河南新文化运动深入的一个缩影。

开封工作肩负使命

1923年，当时开封第二中学的校长韩席卿介绍生活困顿的曹靖华到北仓女中教四年级（当时是"四年制"）的现代文学课。曹靖华曾是二中学生，毕业时没要文凭就去了上海，后由上海去了苏联。在北仓女中，他使用原名曹联亚教书。一次，开封几所中学邀请他演讲，内容谈的是反帝、反封建、反军阀混战等，韩席卿校长认为他言辞锋芒，不利于时局，北仓女中也害怕因此出事。韩席卿劝他离开开封，于是在北仓女中教了几个月书后，曹靖华便主动辞职。

1925年，曹靖华在河南开封国民革命军工作的时候，和在开封的苏联顾问王希礼相识。因王希礼正在翻译《阿Q正传》，曹靖华于当年5月给鲁迅写信寻求帮助。这件事在鲁迅日记中多有记载，现存鲁迅给曹靖华的书信有84封。曹靖华是遵循鲁迅先生的教导以"别求新声于异邦"为己任，在风雨如磐的旧中国，为争取祖国的独立与人民的解放而踏上了文学翻译道路的。

怀念开封无终期

1950年4月，曹靖华被选为代表，从北京来开封出席在河南大学礼堂召开的河南省各界人民代表会议，当时他就打听母校省立二中的旧址。1981年6月，曹靖华应邀前往西安参加纪念鲁迅100周年诞辰的学术会议，返京途中，路经河南，先到老家卢氏看望，后到开封，回到阔别60多年的母校。当看到青年时代他上课的教学楼仍旧耸立在那里之时，他激动万分，并在大楼前留影纪念。随后，他又去宋门参观，在当年站岗把守城门、检查日货的地方驻留良久，城门已经拆除，但当年激情燃烧的记忆仍然萦绕在他心头。1983年，曹靖华在《梁园》杂志发表《怀开封》一文，文中他用饱含深情的笔触写道："开封啊，大半个世纪前，我在你这里取得了工余自学的能力，离开你后，即跨上了工余自学的道路。大半个世纪以来，天南海北，不管我流落到什么地方，你永远在我心中。"1987年9月8日，曹靖华逝世。遵其遗嘱，他的子女把骨灰盒专程送到开封他的母校，哀悼告别后，骨灰才归故乡。

曹靖华在河南省立二中（今开封五中）留影

冼星海：以歌为旗气壮山河

冼星海是20世纪中国最具影响的音乐家之一，也是20世纪最多产的作曲家之一。他一生创作了大量的声乐作品，其中既有致力于抗日救亡、民族解放、充满斗争精神的齐唱、合唱歌曲，也有颇具知识分子气息和"学院派"风格的独唱、重唱歌曲，既有《老马》《只怕不抵抗》等短小精悍的作品，也有《夜半歌声》《在太行山上》等具有深邃意境和浓郁诗意的中型作品，更有《黄河大合唱》等激情四溢、气势磅礴的鸿篇巨制。1945年，毛泽东得知冼星海在莫斯科病逝，挥毫写下"为人民的音乐家冼星海同志致哀"的挽联。1937年抗日战争爆发后，冼星海参加了上海抗日救亡演剧第二队，9月4日，他随队来到开封，在开封度过了紧张、激昂、战斗的9天。

冼星海

投身抗日救亡歌咏运动

　　1905年6月13日冼星海在广东番禺出生时,他的父亲已经去世。1911年冼星海随母亲到新加坡,他先在英国人办的学校中学习英语,后就读于华侨开办的小学和中学。1920年前后,冼星海作为优秀华侨学生考入广州岭南大学,前后半工半读6年。1926年,冼星海到北平进北大音乐传习所学习理论和小提琴,同时兼任北大图书馆助理员。1927年下半年,冼星海入上海国立音乐院学习,第二年暑假因闹学潮、反对学校反动措施被学校当局开除。1929年冬,冼星海从上海启程去巴黎学习音乐,先学小提琴,后学作曲。经过刻苦努力,冼星海终于考入巴黎音乐学院学习作曲。1935年春,冼星海从巴黎音乐学院杜卡的作曲班结业。同年秋天,冼星海回到上海。此后,冼星海先后在百代唱片公司和新华影业公司担任配乐和作曲,并投身抗日救亡歌咏运动。冼星海在《创作杂记》中说:"我为什么要写救亡歌曲呢?当时一班顽固的音乐家们常常讥笑我、轻蔑我,但我是一个有良心的音乐工作者,

冼星海1935年与友人在卢森堡公园,居中为冼星海

我第一要写出祖国的危难，把我的歌曲传播给全中国和全人类，提醒他们去反封建、反侵略、反帝国主义，尤其是日本帝国主义。我相信这些工作不会是没有意义的。"1937年抗日战争全面爆发后，冼星海参加上海话剧界抗日救亡演剧第二队，沿沪宁、陇海铁路线做抗日救亡宣传。

开封演出掀起救亡热潮

1937年9月4日，冼星海来开封的消息不胫而走，古城爱国青年翘首以盼，希望一睹这位从法国巴黎回国不久的著名作曲家。开封的广大民众早已从流传很广的许多救亡歌曲中认识了冼星海。4日晚上9时半冼星海一行才到河南省开封，暂住在"中央旅社"。5日除开会之外，他们在旅店休息。6日下午两时在"青年会"举行开封文化界欢迎会，冼星海认识了许多开封文化界的人士，他们开始商议组织教救亡歌曲的事。晚上，开封文化界五六位代表来见他，大部分是河南大学学生，还有4位是上海"美专"学生和"青年会"代表。他们商议组织歌咏干部的事，希望日内可以实现。9月7日，冼星海从旅馆暂时迁居河南大学，晚饭后趁抗日救亡演剧第二队去排演《保卫卢沟

冼星海在河南大学，就座者为冼星海

《桥》的时间，他就组织几十位唱救亡歌曲的学生在楼梯上大声地唱至10时才散，这是开封救亡歌咏的第一声！

冼星海是一个实干家，在开封他马不停蹄地到处开展抗敌歌咏活动。在街头、在巷尾、在广场、在学校，他所到之处皆是春风唤醒大地的温和、夏阳照耀古城的热烈，热火朝天宣传抗战的演剧、唱歌中心成了古城的风景。冼星海就是一粒火种，他走到哪里哪里就星火燎原。32岁的冼星海使开封迅速变成了抗日救亡、宣传抗战的战场。他每天步行很多路，由这个学校到那个学校、从这个单位到那个单位，组织歌咏队，教大家唱新歌。他经常随手捡起个小木棍儿就指挥大家唱起来，使抗日救亡的歌声像燎原烈火，传遍了开封城郊。他常常领导五六十人上台唱救亡歌曲，唱《救国军歌》《打回老家去》《救亡进行曲》《义勇军进行曲》《青年进行曲》等，每次都获得全场掌声！河南大学许多怀着烈火般抗敌爱国情怀的年轻人在冼星海的引导下走上了抗日救亡之路，马可就是其中的一位。

上海话剧界抗日救亡演剧第二队全队只有14人，演员有12人，冼星海负责音乐方面的工作。在开封，他们每场要演5部独幕戏：《九一八以来》《卢沟桥》《日军暴行》《在东北》《放下你的鞭子》。这5部戏虽然是5部独幕剧，可是这样连续演起来，实际上就是一个很完整的抗日救亡宣传剧。戏与戏之间演员要换装。幕一闭，冼星海就立刻出去站在大幕前教歌。后边准备好了，隔着幕布推他一下，他就结束，向观众说明下一幕完了再教。每当冼星海教唱抗日救亡歌曲时，台下观众便情绪激昂，唱完一个歌，就高呼口号，喊一阵口号，就又唱歌、气壮山河、声震天地。

在开封的9天中，冼星海成天忙于教唱抗战歌曲，讲授音乐知识，几乎整个开封城都留下了他的足迹。9月11日，在上海话剧界抗日救亡演剧第二队的倡议下，冼星海在河南大学举办了第一次开封救亡歌咏大会。到会的有各校代表及来宾共1600人，歌咏队有160多人，并有平津流亡同学歌咏队参加。歌还没有唱完掌声就响起来，学生对救亡歌曲的情绪很高！他满腔热情地指挥大家演唱他的《顶硬上》。冼星海的《创作札记》中记载："写了无数工人的歌，《顶硬上》是一首唯一纪念母亲的歌，词由她口述。这首歌曲在音乐会上表演了很多次，群众非常欢迎。""顶硬上"的意思是克服困难向前进。在河南大学礼堂演出该曲时，台下观众一起跟唱，激昂的旋律中观众泪流满面。散会后冼星海又教学生合唱《救国军歌》《义勇军进行曲》。那天大约有6000人观看，观众情绪热烈到极点。散会后有6个学校的歌咏班等着冼星海指导他们唱救亡歌曲。饭后，冼星海又教"河大"怒吼歌咏队唱了《热血》和《保卫卢沟桥》两首歌曲，并于晚上帮他们组织歌咏干部。冼星海用戏剧、歌曲掀起开封抗日救亡的热潮。

奔赴抗日救亡新战场

开封给冼星海留下了终生难忘的印象，由于要奔赴抗日救亡的新战场，冼星海依依不舍地告别了开封的歌咏队。9月12日9时半，他离开旅社来到车站。送冼星海一行的开封歌咏队有100多人，他们不停地高唱着救亡歌曲，直至火车远去。这种热烈的气氛感染了每一个车上的人。对于这段经历，冼

冼星海在开封车站指挥欢送的群众唱救亡歌曲

星海在 1937 年 9 月 17 日给友人的信中深情地说道："歌咏队学生都很可爱，临走的时候他们亲自到车站唱了一个多钟头的歌来送行！我当时感动得流了泪，感到民众歌声的伟大。"

1937 年 10 月 3 日，《风雨》周刊第四期发了 9 月 13 日《冼星海给开封歌咏队的信》。冼星海在信中感激开封歌咏队用热烈的歌声欢送他们，他说："开封救亡歌咏运动从你们展开了。从你们的歌声里，给每一个不愿做亡国奴的人们一个警告，给战士们一个伟大的慰藉。希望你们的队伍成长下去，领导着全省并且影响着全国和世界一切被压迫的弱小民族。"冼星海希望开封歌咏队不但要有高度的热情而且要有很坚强的组织，在农村、工厂、兵营里面都要有统一的救亡歌声。

马可：用音乐唤醒民众

有一段音符跳跃多年，依然勾起我们深沉的回忆；有一种声音回响多年，依然点燃我们民族的激情；有一种音乐激昂澎湃，饱经风霜却刚毅热情。聆听，让我们荡气回肠；低吟，让我们豪情满怀；浅唱，让我们热泪盈眶……是谁的歌声深深打动了几代人？是谁的乐曲激励了中华儿女？委婉深情的《南泥湾》、质朴豪迈的《咱们工人有力量》、诙谐而充满乡土气息的《夫妻识字》，以及歌剧《白毛女》《小二黑结婚》的音乐等，都出自他的手。在中国音乐史上，他是一个奇迹，化学系的高材生却成为音乐家。他，音乐创作与理论研究双璧生辉，为中国新音乐事业的发展做出了巨大贡献。他，就是我国才华横溢、饱享盛名的著名作曲家、音乐理论家、音乐教育家、作家——马可。20世纪30年代中期，马克在开封踏上了音乐殿堂，用音乐唤醒民众。

少年立志要走科学救国之路

马可，1918年生于徐州，是家中的第四个孩子。父亲是基督教徒，给他取名马可，本是虔诚地希望福音书给他带来幸福。马可5岁那年，父亲积劳成疾，溘然长逝。为了上小学，马可常随母亲去野地割草，然后到集上出售，积攒起来交学费、买文具。苦难的生活中，能够给马可带来欢愉的便是那淳朴的民乐。他很喜欢在割草时听牧童哼唱小曲儿，也爱在傍晚听邻家老人吟唱民谣。上小学的时候,他用高粱秆等自制音乐玩具自娱自乐,陶醉在自己奏出的乐曲里。1928年,由于徐州战事频繁,学校停课,马家四个孩子在家不甘寂寞,办了一个"马氏家庭乐园",进行读书讨论、时事评议、文艺娱乐等活动,并办了一个家庭刊物《乐园》。马可受家庭的影响很大,从哥哥姐姐那里知道了许多事情,了解了社会生活。

1929年,马可就读于徐州培正初级中学,1932年就读于徐州私立中学高中部。在中学期间,他喜欢上数理化,学习勤奋刻苦,成绩优异。他立志做

开封求学时的马可

一个化学家,走"科学救国"的道路。1935年,他被省立河南大学化学系录取。他扛起自己的小书箱,挟着一卷行李,告别母亲,离别家乡,来到开封。

科学救国梦醒开始自修作曲

马可在省立河南大学时,先是住在靠近铁塔的一排平房里,后来住在东四斋。他最喜欢去的是图书馆和大礼堂。图书馆的藏书令他咋舌,而大礼堂的雄伟则引得他嗓子发痒,一进去总想唱上两句。

到开封求学3个多月,北平爆发了一二·九运动。开封沸腾了,学生们走出课堂,喊着口号向省政府前进。一路上,店铺、商行送水送茶,支持学生的爱国行动。到了省政府,只见大门紧闭、戒备森严,马可和同学们又一起涌向开封火车站,要求去南京向中央政府面陈。开封学生的爱国举动震惊了南京国民政府,蒋介石发电劝慰,教育部派官员答复学生。当时,在学生们中间流传着这样一首歌:"整队齐赴车站,立志南下请愿。学生力量薄弱,

雪地卧轨4天。大众慰劳，政府挽劝。结果派了3位大员，要求条件等于鸡蛋。"

一二·九运动使马可从科学救国的迷梦中惊醒过来，《义勇军进行曲》雄壮激昂的旋律常在耳边萦绕，使马可热血沸腾。1936年秋，在钻研化学的同时，马可对作曲发生了浓厚的兴趣。他跑到图书馆，借了《音乐入门》《作曲法》之类的书，翻看了一遍就开始作曲了。同学们嘲讽他过于荒唐，他却毫不理会，正课时间钻研化学，业余时间自修作曲。他为自己找了一个漂亮的本子，作为辑录自己习作的歌曲集，题名曰《牙牙集》，喻他自己在作曲方面正在牙牙学语之意。就这样，马可开始了他的业余作曲之路，而且很快着了迷。白天，他在实验室里无法去想那心爱的七个音符，作曲只好放在晚上。夜深了，他还躺在床上哼哼呀呀地作曲。为了不影响其他同学休息，他把自己关进澡堂，反反复复吟唱，唱了改，改了唱。他的歌声穿越狭小的空间，很快就拥有了"粉丝"，部分同学竟然央求着要学唱他新写的歌曲。

怒吼歌咏队全体合影，前排左五为马可

救亡图存奔赴革命圣地延安

1937年，马可读二年级时，北平发生了卢沟桥事变。当时，他正在徐州度暑假。他急忙赶回学校，与进步学生发起组织了怒吼歌咏队。马可开始编选和教唱抗日歌曲,他们走上街头、车站,到人群聚集的地方,用歌声去宣传抗日救亡运动,鼓舞人们为民族生存而奋斗。那一年的9月,冼星海随上海抗日救亡演剧二队来到开封,冼星海从旅馆"迁居"河南大学,住进"河大"礼堂。马可形影不离地跟着冼星海,成了冼星海开展歌咏活动的得力助手。白天,上海抗日救亡演剧二队和怒吼歌咏队的歌声响彻省立河南大学的大礼堂,唱遍古城开封的大街小巷。晚上,马可与冼星海交谈抗日歌曲的题材、结构,他还大胆地把自己的《牙牙集》拿给冼星海向他讨教作曲的技巧。冼星海被马可的毅力感动了,选了《牙牙集》里面的一首二部合唱《保卫我们的平津》做了技术修改,并鼓励马可说:"你们每个人都能作曲,你们在这个伟大的时代,感觉到情绪上难以压抑,你们就用音乐表现出来吧。不要相信一定要学作曲才有资格作曲那一套话,我在巴黎学了6年,但是我没到巴黎去以前就作曲了。如果你打算学上5年和声学、5年对位法,再学上5年作曲法再去作曲,那么15年已经过去,抗战岂不结束了吗?"冼星海的话给了马可深刻的启示与鼓励,从此,他以极大的热情投入救亡歌曲的创作当中。渐渐地,他的名字也同他的歌曲一起在同学中流传开了,有人开始称他为青年作曲家了。在很短的时间里,马可就写出了200多首富于战斗性的救亡作

马可(左一)在农村采风

品，编成《牙牙集》和《老百姓战歌》两本集子。冼星海在为《老百姓战歌》写的序中，称赞马可的歌曲是"极力趋向大众化、民族化的新形式"。

  1937年12月，在挽救民族危亡斗争的感召下，未满20岁的马可毅然抛弃科学救国的幻想，告别了试管和烧杯，走出实验室，走出校园，投身到抗日救亡的洪流中，踏上以救亡音乐为职业的道路。一首首富有时代特色的革命歌曲从他的笔端流出，传唱在大江南北、长城内外。他组织和领导了由大学生、中学生组成的河南抗敌后援会巡回演剧第三队的宣传演出活动，活跃在开封、洛阳等地。1939年年底，马可冲破国民党的重重封锁，奔赴革命圣地延安。

宋映雪：月映风清花如雪

她是河南籍著名作家李蕤的夫人，是中原新文化运动的见证人。她是《长江文艺》的编辑，工作中巾帼不让须眉，在家中也能全力辅佐丈夫的事业。她历经山河破碎，遭遇身世浮沉，一生坎坷，却总是心态平和，坦然面对生活。

少小进汴京　学业初有成

宋映雪，本名宋秀玉，1913年生，河南邓县人。她的父亲宋子英是一名思想进步的知识分子，所以宋映雪和她的两个妹妹在当时重男轻女的社会环境中都不缠足、不扎耳，而且都进了学堂念书。宋映雪很小的时候就随父亲来到省城，就读于省立开封女子师范附属小学，接受新式教育。1932年，宋映雪考入河南省省立第一女子师范学校（1933年改为河南省省立开封女子师范学校），在校期间她学习成绩优异，担任学生会主席。1933年5月15日在书店街，宋映

1933年就读于开封女师，参加教育厅主办的开封大专院校讲演竞赛冠军后留影

雪和本校的几个同学以及开封十几个大中专学校的20多个代表组建了"青年抗日救国委员会"。大会讨论了章程并做了分工，宋映雪参与《青年之友》刊物的编辑工作。

毕业后，宋映雪到河南省省立开封女子师范附属小学工作。在男友李蕤的帮助下，通过《河南民国日报》的总编辑冯新宇，在该报开辟了一个阵地——《妇女周刊》，宋映雪担任主编，在省级报纸上宣传妇女解放的思想。宋映雪请来河南省省立开封女子师范的美术老师、著名画家谢瑞阶画了刊头，她写了《发刊词》。她在《发刊词》中主张妇女解放，参加全民族、全人类的解放斗争；国难当头，妇女不应该只围着锅台转，而应男女老少一致对敌，争取民族解放的胜利。

知君心如月　支持灾区行

在开封求学期间，宋映雪结识了河南省省立开封师范学校的学生赵悔深。赵悔深，笔名李蕤，他身材魁梧，才华横溢，在学校时已是在省、市报刊上

1934年5月25日开封各学校抗日救国联合会成立，
宋映雪（前排左四）为开封女师的代表

发表文章的小作家。他俩虽然出身经历不同、性格不同，但都有一颗爱国之心，都有反抗假恶丑、追求真善美的理想。他们的谈话越来越投缘，两颗心越来越近。宋映雪记得那一年李蕤到他们家，离别时他说："愿以自己十年的岁月，换取这短暂的温暖。"经过5年的聚散离别和书信来往，有情人终成眷属。1938年8月29日，在山河破碎中，他们在南阳简单举办了婚礼。他们在结婚纪念册上写下："在祖国遭受着空前的苦难，全民族和敌人作殊死决斗的现在，我们把相爱5年的心，结上了牢牢的结子。现在，迎在我们面前的不是满地的鲜花，而是残破的河山；交织在我们心中的不是鸟语虫声，而是拍天怒浪。光明与丑恶、耻辱与自由，我们正置身在分水的激流中。"结婚后，无论是逃难、失业、流浪，还是丈夫遭受军警的抓捕，甚至坐牢，宋映雪都一一承受，勇敢地挑起生活的重担。

1940年10月10日，在《阵中日报》当记者的李蕤被洛阳三青团以"共党嫌疑"抓进了"劳动营"。刚生完孩子不到一个月的宋映雪前后奔走，设法营救李蕤。家中有嗷嗷待哺的婴儿，还有日夜哭泣的婆母，她不顾个人安危，千方百计地营救丈夫，终于通过范长江的关系找到了河南省财政厅厅长曹仲植。在他的担保下，李蕤才被放出"劳动营"。

1942年，河南发生了惨绝人寰的大饥荒。《大公报》记者张高峰因写《豫灾实录》被国民党当局抓进监狱。李蕤到西安办事，途中目睹灾民流离失所的惨状，挥笔写就著名的通讯《无尽长的死亡线》。《前锋报》不仅连载了这篇通讯，社长李静之还很欣赏李蕤的文笔和胆识，修书一封，要求他作为"特派记者"，到灾情最严重的陇海铁路沿线采访，继续写一些披露灾情的报道。

宋映雪回忆，当时李蕤坚定地对她说："面对这样一个残酷的现实，一个拿笔的人还不敢站出来为人民说话，真比死还要难受。如果放弃了这个机会，我将会愧悔一生。"宋映雪想起平常他们灯下谈心的时候，她常以开玩笑的口吻说："四围这样黑暗，你们写文章的人好像一只飞来飞去的萤火虫，即使发出一点微弱的光，很快就会熄灭，会有多大用处呢？可你们却那么认真，不惜碰得头破血流！"但即使是发出一点微光，也值得他不惮生死地去追求。她理解丈夫的壮志。

她从自己教书的弘道中学的学生秦彪那里借来一辆半旧自行车，又向学校借来 500 元路费。临行前夜，她一边整理行装，一边深情地对李蕤说："放心去吧，家里的事由我全部承担！以后因笔招祸，我们也不后悔！"那天，在大风中她抱着孩子把丈夫送到村头。

此后，一系列署名"流萤"的灾区通讯在《前锋报》上连续刊发。文章写出了千百万灾民发出的呼喊，激起了广大读者对灾民的深切同情，而在"流萤"的背后，是对他鼎力支持的妻子。

老骥伏枥志千里

1947 年，李蕤因在南阳办《前锋报》受到追捕，与一群同仁来到开封，办起了《前锋报》和《中国时报》的"联合版"。宋映雪随丈夫拖家带口来到开封，生活依旧贫困，孩子穿着露着棉花的棉衣，锅碗坏了也无钱买。这个时期她写下了《漏的纠缠》《不是戏剧的戏剧》《写在泪光中》等散文与诗歌，在《河南民国日报》副刊上发表。李蕤时任"联合版"的主笔，不久，他的进步思想再次受到国民党开封当局的注意。住在汜水会馆的时候，一天晚上，从延安到开封寻找地下党组织的周原来访，李蕤当时不在家，宋映雪刚送走周原，家中便遭受警察搜查，并且封锁了全院。宋映雪十分着急，因为周原说次日再来，那岂不是自投罗网？宋映雪想到院子里的同乡吉承先在政府工作，可以自由出入，就假装上厕所，把写给李蕤的一个字条交给吉承先的爱人，委托吉承先找到李蕤。在字条上，宋映雪叮嘱丈夫千万不要回家，更重要的是要迅速派人找到周原，叫他赶快隐蔽。尽管险象环生，但周原后来终于安全离开了开封。

1948 年，宋映雪与丈夫带着全家老小奔赴洛阳解放区。新中国成立后，他们重返开封。宋映雪在河南省妇联工作，主编《河南妇女》月刊，还在省广播电台主持《妇女儿童》节目。1953 年，她随李蕤调到武汉，先后在中南出版社和《长江文艺》小说组任编辑，直至离休。

宋映雪晚年居京郊，精神矍铄，每天口述历史，练习书法，记忆力超强。她年轻时代就任过河南汝南国立六中的国文教员，对国学有扎实的功底，许多古典文学、诗词名篇都熟记能诵，如《水浒》中的"林冲雪夜上梁山"，《老残游记》中的"白妞说书"，《三国演义》中的"群英会蒋干中计"等。甚至一直到近百岁仍能流利背诵。2011年4月12日，她背诵《三国演义》中的"群英会蒋干中计"，成功申报一项"世界上十七分钟背诵3100字文章年龄最大的人"的世界纪录。2013年9月，她再次获得"世界上创作《兰亭序》书法作品年龄最大的人"世界纪录证书。

1952年宋映雪在河南省妇联工作。此照为在省广播电台主持《妇女儿童》节目

2013年11月20日宋映雪在燕郊辞世。

1982年，劫后余生的宋映雪与丈夫李蕻摄于河南鸡公山

四君子：志士请命为百姓

从1941年起，地处中原的河南就开始出现旱情，收成大减，有些地方甚至已经"绝收"……到1943年，河南全省110县，灾区几占90%，灾民达3000万，饥饿丧生者数以万计。国民政府为了充裕军粮，实行征实制度，并规定虚报灾况要给予重惩。河南官员贪功好名，隐瞒灾情，河南驻军和政府官员一面高唱"救灾"，一面残酷地向农民征粮。

在军民交困的情况下，蒋介石采取了舍民保军的残酷政策，到1943年元月底，国民政府从河南共征收170万大包小麦。豫湘桂会战失败后，河南驻军竟然怪罪于河南百姓。面对天灾人祸和"莫须有"的罪名，河南志士开始奔走呼告，仗义执言，为民请命……

在《一九四二》整部影片中，河南志士就出现了一个张钫，实际上当年有众多志士为河南人民请命。

1942年，河南偃师县的卢玮平愤而投书《大公报》社和国民政府赈济委员会，指出苛捐杂税和摊派给农民带来的灾难："综计去年收成，农民将所收食粮毫不动用，仅够缴付。按去岁之人民负担，如家有十亩地之小农、贫农，即得负担一千五百元。至岁年底，农民已十家九空，发生粮荒。"

1942年8月3日，河南省灾情调查委员会公推刘基炎、杨一峰等为代表，赴渝报灾请赈。杨一峰等人在重庆四处奔走，多方呼吁。他们想见蒋介石，蒋介石不但不予接见，而且禁止他们在重庆公开活动、宣传河南灾情。杨一峰等在重庆还查出了河南省政府主席李培基向中央所呈送的报告，说河南的粮食收获还好。返回河南后，他们曾经质问李培基何以报告河南的收成还好？李支吾以对。

1942年8月18日，豫籍参政员马乘风上书蒋介石，详陈河南灾情，并拟救济办法四项。1943年，河南遭受特大蝗灾。马乘风亲自带着一麻袋蝗虫，晋见国民党中央政府财政部长孔祥熙，为民请命，要求赈济。返豫途中路经潼关时，马乘风遭日本侵略军炮弹袭击，腿部受伤，终成残疾。

张钫：官赈义赈一肩挑

张钫是电影《一九四二》中唯一出现的河南名士。影片中，张钫在河南大灾荒中捐出一半家产救济灾民，他的气度和魄力让蒋介石感到震撼。张钫，字伯英，河南新安人，辛亥革命元老，著名爱国民主人士。开封朝阳胡同现有张钫故居。

1942年，河南新安县推举地方代表远赴西安找到张钫，请他出面赈灾。于是，在张钫的主持下，新安县成立了救灾委员会，张钫任名誉会长，在全县开设3个粥场，赈济时间从当年的农历二月至四月。凡各村非救济不活者，每人每月发票3张，每张票可领杂粮10斤，附带粥汤。

1942年9月9日，张钫向国民政府呈报《为移殖豫省灾民五万人，共需三千万元，祈迅予拟发并条陈七事由》。9月10日，张钫又呈报《移垦河西方案》，具体提出在西安设

张钫

西北垦务机构，在河南、陕西、河西设立办事处，在沿途适宜地点设招待所，要求"陕甘宁各省政府、西北公路局、各省驿运处、陇海铁路局、各省赈济会等各有关机关，一体充分协助"。

张钫的呈报引起了蒋介石的高度重视，蒋介石先后两次以快邮电稿给时任国民政府行政院副院长孔祥熙："据本会军事参议院副院长张钫折呈拟具移殖豫省灾民开垦河西进行办法意见，附移垦方案前来。查此事于赈救豫灾、开发西北均关重要，最好由农林部于甘省府负责主持为宜。"（《关于张钫呈拟移垦豫省灾民到河西安置致孔祥熙等快邮代电》）"盖宁夏故河套地，土质肥美，易于耕获……先就此地移民垦治，似属简而易举。试以五口为户，每户授田十亩计算，则二百万亩可移二十万户一百万口，若以救济豫灾之资充作移民之费，就逃荒难民加以组织，移往宁夏，似属一举两得。至此项移民居住问题，似可由农行先行贷款建筑贫民住户。"（《关于移民西北开发西部问题致孔祥熙快邮代电》）

1943年，河南灾情更加严重。5月起，伴随着饥荒而来的瘟疫也出现，大批河南灾民乘火车或走水路到陕西避灾。当时灾民不断流入西安，把西安城围了数十公里，男女老少四周席地而居，无吃无喝，更无住处。

陕西省政府不许这些灾民在西安城周围停留，河南灾民想起了张钫，灾民代表到西安市小南门内冰窖巷八号院张钫门前请愿。张钫先生的儿子张广瑞在回忆文章中也描述了当时的情景："难民代表来到冰窖巷八号请愿，家父给他们讲话，在五味什字街西北中学（张钫创办的难民学校）右侧小门由河南同乡会人员列表名册，给乡亲们发放救济粮款。"

张钫目睹西安各街道屋檐下躺着的大批灾民，一问，都是从河南来，其中以黄泛区的人最多。河南百姓白天要饭，夜宿屋檐，饿死、冻死者比比可见。张钫心忧黎民疾苦，1944年4月28日他就以国民政府军事参议院副院长和河南省旅陕同乡会会长的名义，发出请帖，在请帖中他写道："国难当头，民蒙大难，自日军发动河南战役，国军以战略撤退为主，致使中原沦陷，日寇铁蹄践踏，无恶不作，水深火热，民不聊生……今邀诸公，商议赈灾，仁者爱人，见诸精诚，此一举措，以伸人道，敬请参加，敝宅恭候。"

张钫邀请旅陕的河南名人巨商、陕西的重要官绅、国民政府驻陕的军政要员，以及社会各界名流、志士贤达50人，齐聚张公馆，动员为灾民募捐。张钫带头将自己在汉中的水田四十顷全部变卖，捐赠救济。在场诸人无不受感动，纷纷为赈灾尽力。此次募捐所得钱，可开设5个饭场，供上万灾民食用3个多月。张钫同各路贤达共同议定："成立豫灾救济会，负责募捐、筹粮及收容灾民，推选陕西红十字会会长路禾父主持救济会工作。在西安北关红庙坡、东关岳王洞和韩信寨等地设立收容所。暂借西安市各学校教室，供灾民住宿。逃往陕西各县之灾民，由救济会与当地政府交涉就地安置。登记灾民中有一技之长者，分别介绍工作。与甘肃、陕西两省政府联系，洽商移民问题。"张钫向中央政府财政部长宋子文争取款项救助灾民，并到四川、重庆等地声援救助，想尽各种办法来救助河南大批灾民。

豫灾救济会工作人员根据灾民意见，或让其往西北迁徙落户，或以后返回老家。鄢陵和扶沟两个县被水淹了，那里的灾民愿意迁移到西北去安家；新安和渑池一带的人，在1943年麦子成熟时都回家了。迁移到西北去的灾民，沿路都设有难民站，安排住宿和吃饭地方，如果到站和在路途上出事，都由地方上负责。张钫曾将数十万难民分批安排在陕西、甘肃、新疆以及四川广元、成都一带。甘肃张掖、酒泉一带至今还有两个"河南村"，因系河南移民，以示纪念。移民后代每每谈及移民一事，便异口同声说："河南张伯英给迁来的！"

逃亡西安的灾民虽有救济，但死亡者时有所闻，张钫又出资在西安郊区购三四亩地，作为"义地"，埋葬河南人尸骨。每年清明，张钫还亲自到"义地"扫墓，安慰客死他乡的亡灵。

靳志：上书蒋介石为河南人民正名

靳志，光绪二十九年癸卯科(1903)进士，河南开封人。1903年毕业于北京京师大学堂译学馆，1905年被北洋政府派往英国、法国留学，在法国加入同盟会，归国后历任总统府秘书、国民政府秘书。曾出使英、法、荷、比诸国，也曾在中苏会议上为斯大林做翻译。1949年后任河南文史馆馆员，省人民代表、省政协委员。靳志先生精诗文、工词章、擅章草。

《旅渝豫人上蒋主席书》是1944年由在重庆的河南籍人士联名上书，这是靳志执笔写就的为河南人民请命的"陈情表"。靳志当时是国民党政府外交部任专员和专门委员，文章开篇秉笔直书："呈为豫战败坏，请求确定责任，严惩失职……并迅速救济难民及流亡学生事……"此篇文章写于1944年国民政府豫湘桂会战失败后。1944年4月，日军渡过黄河，战无坚阵，攻无坚城，国军未及两月失地几十余县。

1919年靳志驻比利时留影

然而，汤恩伯对此不仅不深刻反省，反而恼羞成怒，把战败的罪责归于河南老百姓，诬蔑河南民众都是汉奸，贴出标语，准备实行屠杀。靳志和旅渝河南籍人士慷慨陈词，说："河南之败，在于军民不合，中外皆知，不能隐讳。论者甚至谓豫民不顾大局，仇视国民，而欲诿过于民众，此真谬误之极、到死不悟者矣。"河南人民，忠厚朴实，自抗战以来，几十万中国抗日军队在河南驻防，而这几十万人吃的粮食，战马吃的草料以及兵源的补充，全靠从河南"就地取材"。发生饥荒之后，在军民交困的情况下，蒋介石采取了舍民保军的残酷政策，到1943年元月底，国民政府从河南共征收170万大包小麦。中央社消息说："河南人民深明大义，倾其所有，贡献国家"。就是这样的人民，不惜牺牲，共赴国难，"又何至中途改节，判若两人哉！谁司牧民，竟使怨愤充塞，吁天无路，乃至溃散不可收拾？则数年来党政军当局措置失当之咎，不言而喻，非可强词曲辨也"。靳志他们上书蒋介石提出了四点要求：

一是严惩第一战区副司令汤恩伯。

二是对河南个别地方政府官员严惩，选派贤能。

靳志写道："河南连年荒灾，流亡载道，虽中央有令豁免百万石粮，而地方当局依然征收征购，总数乃多至百八十万石，鞭朴之下，死亡枕藉，只图征科报最，不恤民间疾苦，祸国殃民，莫此之尤，亦应分别严惩。当地方残破之余，似应整理省府机构，划分民军游击区域，另选当地有资历才能、素孚民望者，派往负责，收拾残局。"

三是河南近年党务负责人变动频繁，要求彻底整顿。

四是对河南境内灾民、公教职员、青年学生以及逃荒至外省的灾民，政府应及时救济，选派得力人员，分区设站，赈济灾民。

河南名士靳志的这篇《旅渝豫人上蒋主席书》无疑是为河南人民正名的一篇战斗檄文，历史应当铭记。

郭仲隗："我要为河南百姓说话"

郭仲隗，河南新乡人，在任民国政府监察院豫鲁监察使期间，一直住在开封西大街北侧一个小院中。他作为同盟会早期会员，曾两次受到孙中山先生的接见。国民党统治时期，他作为第二届和第三届国民参政会参政员，不惧权贵，仗义执言，跋山涉水从河南到重庆反映灾情，为民请命。据郭仲隗之孙郭安庆介绍，除了在重庆参政会上弹劾汤恩伯、提交救济豫灾民众的提案外，郭仲隗还大闹国民政府粮食部，把当时国民政府粮食部部长徐堪弄得十分难堪。

1940年，郭仲隗出任国民参政员。1941年11月在国民参政会第二届二次会议议案中，郭仲隗等提交《河南军粮及征实负担过重，民不堪命，崩溃可虞，请政府速予解轻以维地方而利抗战案》。1942年10月，在国民参政会第三届一次会议上，郭仲隗等提交《河南灾情惨重，请政府速赐救济，以全民命而利抗战案》和《请移送灾区难民于西北各省垦殖，以固本救灾荒案》。

1943年9月，在国民参政会第三届二次会议上，郭仲隗提交了《河南连年灾荒情形惨重，军民交困，危机潜伏，请政府详查事实迅谋救济，以拯垂死孑遗，巩固前线基地而利抗战建国大业案》。

当时，国民政府粮食部部长徐堪致电各省说："今年的工作是以征实征购为中心，成绩好的给予奖励。"河南省政府得电后，便将征实征购的数额分配给各专区，按各县实际能力，要求有成就者将数字先行上报。因此各专员为讨好上司，便虚报假报。河南省政府获得报齐的数字后，便电粮食部略云："河南人民深明大义，愿罄其所有贡献国家，征实征购均已超过定额。"徐堪立即传电嘉奖，同时，根据所报数字分配给一、五两战区。两战区兵站总监部得到通知后，各派队向指定仓库要粮，结果颗粒无获，逼得厅局长、专员分赴各县逼索。这样一来，民间收存的种子、饲料均被搜索一空，饿死的人更多。

在1942年10月国民参政会第三届一次会议上，徐堪做了3个小时的报告。报告完毕后，郭仲隗在会上对河南灾情做了惨痛描述，说明河南土地最少、出粮最多。他还指出，上届参政会已提交《河南军粮及征实负担过重，民不堪命，崩溃可虞，请政府速予减轻以维地方而利抗战案》，当时粮食部的答复是对河南出粮情况尚无确实调查。郭仲隗质问徐堪："今时隔一年，难道还没有调查清楚以体恤河南灾情？"在这次国民参政会的最后一天(1942年12月23日)，郭仲隗与部分豫籍参政员联合提交了《河南灾情惨重，请政府速赐救济，以全民命而利抗战案》《请移送灾区难民于西北各省垦殖，以固国本救灾荒案》等提案。会后郭仲隗也不闲着，他又奔走于财政部、粮食部

郭仲隗

等中枢主管机构，呼吁、敦促豁免军粮，减轻民负，赈济灾情。

后来国民政府粮食部迫于舆论压力，经蒋介石同意，给河南省政府拨款1.2亿元法币办理平粜救灾。当时的河南省政府主席李培基兼任河南救灾平粜委员会主任委员，实际具体工作由副主任委员李汉珍操作。郭仲隗与李汉珍同是国民参政会的河南籍参政员，对李汉珍的为人十分了解。他深知，凭李汉珍的贪婪，这笔救命款无异于羊入虎口；让他经手，等于让他从灾民身上再榨一次油。因此，当国民党政府粮食部也想聘请郭仲隗担任平粜委员会委员时，郭仲隗婉言谢绝，他不愿与李汉珍同流合污。后来事实证明，郭仲隗对李汉珍之流看得比较准。1942年10月之后，河南省政府将此款交给当时的河南省政府秘书长马国琳与河南农工银行行长李汉珍，办理平粜救灾事宜。救灾如救火，这是刻不容缓的事，但是马、李两人利欲熏心，竟盗用一部分平粜款购买美金公债。他们拿着救灾款做了几次生意，发够了财，到1943年麦快成熟时才运到一批发霉的麦子。经过分发手续，到发放时灾民已吃到新麦。麦前麦后粮价相差甚大，灾民当然不愿要高价平粜粮，政府便强迫灾民接受赈粮，等于向老百姓又摊派了一次款。麦收前后的粮价差额全由灾民负担，此事遭到河南人民的极大愤恨。

1942年12月，开完参政会后的一天下午，郭仲隗同另外两名豫籍参政员到国民政府财政部去会见部长孔祥熙。因时间尚早，他们便先拐到粮食部徐堪那里，顺便问询《河南军粮及征实负担过重，民不堪命，崩溃可虞，请政府速予减轻以维地方而利抗战案》的处理结果。郭仲隗他们在粮食部会客室里足足等了半个小时，"日理万机"的徐堪才迟迟出来与他们见面。还没等郭仲隗说话，徐堪就单刀直入地说起河南平粜的事情来了。徐堪很不客气地质问郭仲隗："你即便反对李汉珍，也不应该全针对平粜委员会，平粜委员你为什么不干呢？"郭仲隗不想节外生枝，他惦记的是提案落实情况，更不愿意在人事问题上争执。于是，他就耐心地给徐堪解释道："不干平粜委员，是因为我一时无法分身回河南，也就不必担名了。至于说不干平粜委员是反对李汉珍，这完全是猜测之词。平粜委员会主任委员是李培基主席，倘说反对李汉珍，不更是反对李主席吗？"

徐堪一听话中有话，十分不爽，带着申斥的语气说："你们河南的事情根本没法管！"郭仲隗答道："你不管正好。没有你来管，河南饿死不了这几百万人。"徐堪更加恼怒地说："河南平粜委员名单是你们开的，开来了，为什么不干？不是故意想和粮食部为难吗？"郭仲隗说："哪个开给你的？请把名单拿出来对质一下！"徐堪气得面红耳赤，咆哮起来："那算我糊涂，我糊涂！"他摆动两手，站了起来。郭仲隗吼道："糊涂还当部长？你岂不是祸国殃民！""你们参政员不是皇帝，没有权力撤我部长的职！"徐堪叫道。郭仲隗也毫不示弱地说："我要是有权撤你的职，还会让你干到今天吗？"徐堪气得面如猪肝，两手发抖。

后来，在两名参政员的劝解之下，郭仲隗不再发话，大踏步地迈出了粮食部的大门。"郭仲隗大闹粮食部"一事很快在重庆传开了，"郭大炮"之名不胫而走。

1944年4月，日军渡过黄河，由于国民党军畏战怯敌，日军以5万左右的兵力就打垮了拥有40万兵力的国民党军队。郭仲隗亲眼看见了汤恩伯部队临阵逃跑、侵民扰民行为，决定仗义执言，为民请命。他不畏艰难，跋山涉水，突破日寇封锁，穿越荆棘密布，冒着生命危险，前后共行程23天，于9月5日才由宝鸡乘机到达重庆。58岁的他体重减去12公斤，门牙掉了两颗。

"我要为河南老百姓说话。"在重庆召开的国民参政会第三届三次会议上，他为河南灾民涕泣陈情。在会上，他开宗明义地说："我坐过牢，下过狱，什么都不怕。河南灾情重到饿死的百姓不计其数。年轻者往陕西逃生，政府竟下令堵截；老弱在家园先吃草根后吃树皮，现在吃'观音土'吃后屙不下来，活活憋死。难道政府的眼睛瞎了，看不见吗？耳朵聋了，听不见吗？我带了河南人民吃的十种'观音土'请各院部长传着看一看。"言至此，郭仲隗情不自禁、声泪俱下。他面向主席台的蒋介石大声疾呼："委员长如果再不管河南的事，我们三千万河南同胞就只有去跳黄河。就这，我们也不投降日本！"

在参政会上，郭仲隗不顾参政会秘书长王世杰、内政部长张厉生、教育部长朱家骅关于"不谈军事，不涉及驻军将领"的劝告，置生死于度外，以事实揭露了汤恩伯在河南造成的"汤灾"。前线激战正酣，汤恩伯却在鲁山温泉沐浴；存有100万袋面粉的仓库落入日军之手，够20万军队一年之用……汤恩伯罪行罄竹难书，郭仲隗足足骂了一个多钟头，会场上时而肃静无声，时而群情鼎沸。他的发言令会场爆发出雷鸣般的"枪毙汤恩伯"的呼喊声，会议无法进行。

《新华日报》《大公报》等媒体对此做了报道，在全国影响很大。为平息群愤，蒋介石次日在上清寺官邸宴请国民党籍参政员，席间主动为汤恩伯承担责任，说汤恩伯的撤退是他亲自下的命令。郭仲隗又当场质问蒋介石是如何下达的命令？说汤不是撤退而是落荒而逃，并丢失电台，以致蒋介石无言以对，宴会不欢而散。后来由郭仲隗领衔，103人提交了严惩汤恩伯的提案。

"蒋不得已，乃把汤革职留任，戴罪立功，搪塞舆论。"

开完参政会，郭仲隗又应邀到重庆的复旦大学为学生演讲。郭仲隗痛述豫湘桂会战战败原因。郭仲隗说，假战报频传，这里死守，那里活拼，而事实却是兵比日军跑得快，而官又比兵跑得快。跑来跑去，官找不到兵，兵找不到官，副长官找不到他的将军。中原战败的原因是什么？"不是装备不足、训练不够，而是将失军心。"郭仲隗演讲道：汤恩伯把战败的原因归罪于河南人民，原因是河南百姓没收了他们的枪。郭仲隗又说，河南百姓对一切驻军都是忠实的。几年来他们遭受多种灾害，但他们在军粮征实上却没有丝毫

河南灾民在陕西得到施粥救济

的回避。他们不但如数拿出，而且拿得最早。不是河南百姓背叛了驻军，而是驻军抛弃了河南百姓。

郭仲隗的发言传至汤恩伯耳中，汤恩伯气急败坏，密谋对郭仲隗下毒手。郭仲隗在回河南路过豫陕边境时遇到查捕，他机智地跳下汽车，沿荒僻小径而行，躲过了这场迫害。

刘镇华："含泪陈请"急救豫灾

刘镇华，河南巩县人，曾在民国初任镇嵩军司令，后任安徽省政府主席。因病下野后，他养病于陕南城固。河南发生饥荒后，灾民扶老携幼背井离乡，到处流亡，跑到山谷河岸挖草根、刮树皮、捞杂草、拾雁屎而食之，风餐露宿，朝不保夕，饿殍在地。小康之家也无多余粮食，中原父老皆鸟面鹄形。中原大地已呈现为"白骨露于野，千里无鸡鸣"之状。得悉灾情，他挺身而出，邀集在陕南豫籍"励志学社"诸位同仁，联名致电重庆国民政府与有关救济部门，在1942年曾陈书重庆要求减轻人民负担，并请求赈济。

刘镇华向重庆国民政府主席林森、行政院长蒋介石、全国赈委会杨静仁发出电文，说河南省四面平坦，无险可守，是容易受攻击之地。河南的兵源补充、粮饷劳役的后勤需求、不合理摊派均较其他各省繁重。三千万父老子弟涕泣洒遍，百姓和有识之士的呼吁被遮盖，灾疫和各种不利接连而至。"二麦不登，谷粱失植。正赋外，军粮、警粮、学粮、公务员粮，重负累累。苛杂外，国防公债、救国公债、金融公债、金公债、赈济公债、建设公债、军需公债、建设金公债、节约储蓄会，名纷力溃。海关遍各地，稽核无定所，此律日腾。员役任手上下，仇货禁令弛，国产制限严。"民穷财尽，十室九空。麦粉每斤六七元，贫者买不起，富者也吃不起了。路上饿死的人很多，农村萧条破落，官吏凶暴，谎报灾情。搜刮百姓粮食实物，入户翻箱倒柜。刘镇华等人希望当局移民移粟，减免负担，削除苛捐杂税，国家拿出国库的钱对灾民进行赈济，开设粥场，施舍难民。

刘镇华的"含泪陈请"不但发给了重庆，而且他们又拟了一份电文，把上述内容发给了河南第一战区司令长官蒋鼎文、河南省政府主席李培基、河南省参议会刘群士、河南省赈济会李晓东。电文中还说：贤者总是把人们的疾苦放在心上，现在河南百姓受暴政迫害，犹如陷于水火之中，亟待拯救。这两封电文，闻者泪下，睹者战栗，当时确实起到了很大的作用。接电后重庆即拨巨款急救豫灾，豫省灾胞，受惠实深。

众多仁人志士，利用自己的影响力，或直接组织救灾，或为灾民奔走呼告。他们通过捐款捐物、组织救灾、向社会呼吁等方式，以一己之力为救灾做出了贡献。

与此同时，国民党官僚机构腐化堕落，官员竞相贪污，为牟取私利，不惜资敌的事屡见不鲜。各县乡长保长甲长也营私舞弊，"以致民怨沸腾，不惟影响救灾，即于政务推行亦影响甚大"。由于国民党腐败、漠视民生，救灾计划只成了一纸空文。

风　流

　　如果，所有的真心都能够换来真意；如果，所有的相信都能够坚持；如果，所有的情感都能够完美；如果，依然能相遇在这座城。听风、观雨、赏花、望月，该多好。

韩公超：千江有水千江月

韩公超女士出身名门，自幼接受良好的文化教育。青年时代她就和郭海长在开封播撒火种，一直支持革命。她的家一度是中共开封地下党组织的联络点之一。她创办了开封市第一个规范的私立幼儿园，并创办了一所省立中学。

2012年采访韩公超时摄影

风雨如晦求索路

韩公超是焦作博爱人,她的叔父韩经亚是河南同盟会的最早成员和中坚力量,早年参加过国民革命,曾任国民党河南省党部常委。韩公超从小深受叔父的疼爱,叔父把她当亲生闺女看待。小学毕业后,她就跟着叔父居住开封,在开封女子师范初级师范科学习,毕业后又升到开封女子师范高师部。6年的师范生活给韩公超留下了很多美好的回忆,省城开封的热闹繁华给她留下了很深的印象,古城的风景名胜和市井风情使她流连忘返。毕业后因身体不好,韩公超没有继续考大学,而是回到了博爱老家。1937年七七事变后,日寇全面侵华,中原大地开始遭受日寇蹂躏。焦作沦陷后,韩公超举家迁入太行山区避难,但归园田居却心存忧伤,远离尘世却无法安宁。

1938年夏季的一天,家人报信说郭海长来了,韩公超听后心中一惊,接着就是疑惑:他跋山涉水来这儿干什么?因为韩家和郭家是世交,郭海长的父亲和韩公超的叔父是好朋友,两家不分彼此。韩公超师范刚毕业就遇到郭海长托人来求婚,她拒绝了他,认为他只是个公子哥儿,殊不知他却是个进步青年。这次他沿着太行山的崎岖小路艰辛跋涉,一路探询才找到韩家。郭海长热情地向韩公超讲述了大山外的抗战形势以及青年学生报效祖国的满腔热情。他侃侃而谈,她心中激动不已,韩公超向往那充满活力的生活,也渴望能置身其中。郭海长此行的目的是想邀请她走出大山接受新的教育,韩公超先是兴奋,继而是犹豫,最后还是因先前的求婚之事而存有戒心,考虑再三后婉言谢绝了他。

郭海长走后,韩公超的心情久久不能平静。"后来,海长从洛阳来信,再次约我出山去上学。我想,与其消极等待,不如采纳海长的建议,勇敢行动,走出深山,继续求学。"韩公超打定主意后,经家人同意准备过黄河去找郭海长,让他帮助联系先上河南大学的补习班,然后再考河南大学。

1939年春天,韩公超见到了郭海长,二人经过紧张复习迎考,当年夏天,双双被河南大学教育系和文史系录取。

革命征程贤内助

1942年7月，韩公超、郭海长结婚。婚后不久，韩公超随郭海长到了重庆。郭海长1941年因思想激进而被迫转学到重庆复旦大学。他经常组织进步的学术社团，借此宣传主张、联系群众。他们的小家庭成为同志们时常聚集的地方，每次的集会韩公超都会做好安全工作。1945年日本投降之后，韩公超夫妇回到了开封。郭海长创办了《中国时报》，她义不容辞地成了他的助手。当时经费奇缺、物资匮乏，韩公超就找她的堂兄韩公佑帮助购买一些价格便宜的纸张和面粉，有时还请堂兄接济他们一些。为了不使报纸停刊，韩公超甚至把结婚时的首饰变卖了供报社开支。

韩公超和丈夫郭海长合影

当时，韩公超他们与郭仲隗一起住在西大街路北的监察使署院内，中共党组织就利用那里不易引起敌人注意的有利条件，时常到他们家中召开会议。在那个白色恐怖的年代，一些要从国民党统治区奔赴解放区的同志常常把这里作为中转站。无论是参加会议的同志，还是到她家暂住的过路客人，韩公超都热情接待，除安排食宿、照顾好生活上的事情外，还要为他们保管些秘密文件和资料。她自己一忙起来，常常不能按时吃饭，还要提心吊胆。1947年11月，与郭海长联系的李铁林同志在漯河被捕入狱，与李铁林同时在开封被捕的还有《中国时报》的陈承铮。为避风头，郭海长要到武汉暂避一段。他临行前嘱咐韩公超把一些重要文件和资料马上处理掉，千万不能落入敌人手中。当时韩公超刚生下二儿子才3天，身体十分虚弱，可是情况紧急，丝毫不敢耽搁。她赶紧回家整理那些重要文件。由于家中的进步报刊太多，用火盆烧都来不及，又怕目标大引起别人注意，她就同保姆一起分批用洗衣盆浸泡、揉碎，然后在院子里面挖坑埋入地下。时值初冬，冷水刺骨，保姆多次劝她不要干了，怕她落下"月子病"，可是为了地下党组织的安全，她硬是咬紧牙关克服困难干了整整一天一夜，终于把所有该销毁的文件和资料都处理完毕。

教育战线育桃李

抗战胜利后，韩公超曾在陈端（时任河南省财政厅厅长的夫人）办的妇女工读学校里任校务长，主持日常工作。当时妇女工读学校的老师里面有几个地下党员，韩公超与他们配合默契，培养了一批进步妇女。1947年，韩公超在西大街创办了"幼幼"幼稚园，这是开封第一所较正规的私立幼稚园。韩公超早年在开封学的是师范教育，她办幼儿园的目的旨在发展儿童身体、启发幼儿心智、培养生活规范。幼儿园的开办不仅解决了《中国时报》职工子女的入托问题，在报社经费缺乏的困难时刻，她还将幼儿园存放的面粉拿出来一部分给报社救急。1948年10月，开封第二次解放后，她将幼儿园的一切财产交给了政府。这所幼儿园后来随省政府迁到郑州，即现在的省实验幼儿园。

1951年，韩公超与工友郭秀亭白手起家，在开封市文庙街文庙遗址创办了"省立开封第三初级中学"，1953年改名为"省立开封第二初级中学"，后来地址搬迁到学院门改为开封市第七中学。据韩公超老人讲，创办之初，万事艰难，她与郭秀亭几经周折，多方奔走，最终拿到了政府审批的办学手续。二人分工明确，韩公超负责招聘师资、培训教师、遴选教材、安排教学，郭秀亭主要负责后勤工作。当时条件十分艰苦，韩公超没有一句怨言，她用柔弱的肩膀支撑着办学之初的艰苦岁月。她经常身穿一身灰色的列宁服，风度典雅，领导有方，深得师生的爱戴和敬仰。1956年，她调到郑州第十八中任副校长，一直在郑州从事教育工作，后来在郑州第十四中学光荣离休。

危拱之：孩子抗战是先锋

危拱之，原名危玉辰，曾用名魏晨、林淑英，是我党早期的女革命家、著名长征女战士之一。埃德加·斯诺曾在《西行漫记》一书中曾专门介绍了她。她在开封度过了最美的青春年华，在开封接受了进步思想，从开封走出参加革命后，在抗日烽火中又回到开封组建孩子剧团，帮助开封的儿童擎起反侵略旗帜，令稚嫩的童声唤醒民众。

从开封踏上革命征程

危拱之于1905年出生于信阳一个清贫之家，父亲曾是清末秀才，母亲是乡下妇女。危拱之7岁入私塾，两年后进教会小学，父亲去世后，由于生活艰难，只好辍学。后来县里办起了一所女子小学，在叔叔的资助下，危拱之和姐姐轮着去读书，总算毕了业。1924年秋，危拱之和姐姐分别考入私立河南第一女子中学、省立开封女子师范学校。私立河南第一女子中学的不少教师都是留学归国的学者，热衷宣传新文化，同时，该校的共产党人也在学生中间传播革命理论。危拱之受进步思想的熏陶，革命激情日益高涨。在此期间，危拱之阅读了进步杂志《新青年》，并参与演出了反封建话剧《孔雀东南飞》等，危拱之还常把一些新知识讲给姐姐。

1925年上海"五卅惨案"的消息传到开封，开封学生怒吼了。从6月上旬起，学生开始罢课，纷纷走出校门举行反帝示威游行、募捐、搞宣传，声援罢工。危拱之除参加女学生看护队外，天天打着小旗和同学一起走遍开封的大街小巷搞宣传。为推动救国斗争的发展，她还参加了学校成立的宣传队赴郑州宣传，并担任小队长。在郑州一家工厂里，她遇到来豫指导革命运动的中共中央特派员王若飞。王若飞向她们详细介绍了全国各地日益高涨的革命形势，危拱之听后深受鼓舞。她利用暑假和同学们数次往返开封、郑州、信阳之间进行募捐活动，支援上海遇难工人。开学后，她更加积极地参加进步活动。1926年6月，危拱之中学毕业，同年11月，她考入国民政府新成立的中央军事政治学校武汉分校，次年加入中国共产党。

回开封组建孩子剧团

1929年，危拱之受党的指示到法国和苏联学习，回国后到达江西瑞金红色根据地，参加了中国工农红军，经历了举世闻名的二万五千里长征。1938年初春，危拱之从延安回到开封，参加中共河南地下省委的领导工作，任秘书长。她化名魏晨，公开身份是扶轮小学的教员。扶轮小学的学生都是陇海铁路职工的子弟。学校有个宣传队，经常利用假期和课余时间到校外为前方抗日战士进行募捐活动，到医院慰问伤兵，到火车站欢送开往前线的抗战部队。

危拱之到学校后，积极协助地下党员、校长吴应先同志组织学校党支部，发展教师入党。根据观察，她认为开封沦陷只是时间问题，如果不把已经发动起来的救亡力量组织起来，必将随着古城的沦陷而消散。她果断地提出，把扶轮小学宣传队改建为开封孩子剧团，走向社会，在更广阔的天地中宣传抗日、发动群众，必要时还可以掩护党的工作。中共河南省委经过认真研究，表示同意，并授权她组织实现。剧团成员由她自己挑，她亲自负责排练节目，戏由她排，舞也由她教。这些节目都是她从红军时代战士剧团的演出节目中改编的，没几天，一台集音乐、舞蹈、话剧于一身的节目就排练成了。

河南省会各界抗日救亡文艺会演大会于1938年3月8日在中山路的大陆

开封孩子剧团成立一周年，全体人员合影

电影院(后改为工人电影院)隆重开幕，开封孩子剧团首次公演即获得巨大成功，当时开封的一些知名人士、各界代表都应邀观看了演出。《新华日报》登载了孩子剧团成立的消息，称赞魏晨为天才的戏剧家。《河南民国日报》《河南民报》都刊登了孩子剧团公演的盛况。

彭雪枫等与到达敌后的开封孩子剧团部分团员合影

危拱之把红军剧团的成功经验运用在开封孩子剧团的实践之中，她把旗帜鲜明的抗日内容和群众喜闻乐见的艺术形式结合起来，使孩子剧团创造出了良好的业绩。刚开始时以歌咏为主，教唱的都是抗日救亡新歌，如《义勇军进行曲》《大刀进行曲》《松花江上》《打回老家去》等，演出时以全体团员大合唱居多。在开封繁塔附近伤兵医院的一次对外公演中，孩子剧团的演出使伤员们个个流出了眼泪。演出的成功大大增强了孩子们的信心，于是《流浪儿》《放下你的鞭子》和《海陆空军总动员》等几个节目也陆续排练成功。

反侵略呼声唤醒民众

危拱之在1938年3月6日《风雨》周刊上以林淑英为名发表了《开封孩子剧团》一文。文章中说："开封的孩子，马上要大批地流为无家可归的难民，遭受失去爸爸妈妈的不幸，所以9岁的孩子也都伸出拳头，要组织起来参加救亡事业，与将要到来的不幸奋斗！家乡存亡的关头，孩子们拿起艺术的武器，树起开封孩子剧团的旗帜，参加保卫黄河、保卫家乡的战斗。孩子们并不为炮火而吓退，要与家乡共存亡，也准备将热血洒在战场上……"爱国之心、救国热忱令人感动。

危拱之通过一位姓谢的进步女青年，打通了上层关系，使孩子剧团得到河南省政府的认可。当时的河南省主席程潜捐助200元，并由省政府批准，孩子剧团隶属于河南省"战时妇女工作团"，取得了合法地位，每月还获得180元的活动经费。随着战争形势的发展，孩子剧团的演出频繁起来。在人民会场、河南大学大礼堂、南关新华大舞台的公演活动，孩子剧团都参加了。

接着，在中共河南省委的指示和组织下，开封孩子剧团又到郑州、洛阳公演。在洛阳演出时，住在西北中学的抗敌后援会还给孩子剧团赠送一面锦旗，上书"孩子抗战先锋队"。

1938年5月，中共河南省委派危拱之率领孩子剧团到信阳，名义是演戏，实际是做国民党信阳县长李德纯的统战工作。危拱之认真帮助李德纯分析形势，激发他的抗日热情，建议李德纯任用进步青年，支持群众救国团体，建立和训练农民自卫武装，从而为后来李德纯同我党的合作奠定了思想基础。

　　1938年5月中旬，日寇攻陷徐州，沿陇海铁路西犯，开封国民党当局开始西迁，群众也四散避难。5月23日，根据中共河南省委的指示，危拱之率孩子剧团离开开封，转战豫南、豫西南一带，继续进行抗日救亡活动，用文艺做武器掀起一个个团结救亡的巨浪。剧团最后到了确山竹沟。在1939年11月的"竹沟事变"中，危拱之和河南省委领导一起指挥战斗，突出重围。此后，孩子剧团解散，一部分成员奔赴延安，一部分成员参加了新四军。

穆青：故土情深游子情

2013年5月10日，在杞县首届"蔡文姬文学奖"颁奖间隙，河南省原文联主席、著名作家南丁先生询问我穆青后来是否回过杞县。我说经常回来，南丁先生点了点头。那天我不知道南丁先生为什么忽然想起了穆青，但我知道，穆青的为人、为文一直备受称道。他一生都在寻找、歌唱，他一生都在迸发、燃烧，"把自己一颗跳动的心掏出来，变成火把，高擎在行进的人们面前，熊熊燃烧"。他为中国新闻史留下了不朽的名作，《县委书记的榜样——焦裕禄》《为了周总理的嘱托——记农民科学家吴吉昌》《一篇没有写完的报道》等一篇篇脍炙人口的文章成为时代的经典。一个记者走了，却有千万人在同声传诵着他的不朽名篇；一个老人去了，却有几代人在共同追忆着他的音容笑貌。穆青与开封，有说不完的故事……

大同中学引领他走上革命道路

穆青祖籍河南周口，1921年3月15日出生于安徽蚌埠。穆青最初的教育得益于祖父的"管教"。祖父曾是清末一位举人，没有做官，家境清贫，徙居蚌埠，依靠朋友谋生。穆青降生后祖父给他起名穆亚才，希望他长大成才。穆青5岁时就开始背诵儒家经典诗文，因为基础好，小学"直接就上三年级，没读过一二年级，而且作文成绩好，总是班上第一名"。祖父不但严格要求穆青学文,还叫他跟随拳师习武。1931年9月下旬,父母带着几个孩子回到祖母的故乡杞县。杞县历史上人才辈出,有"诗乡文国"之称。有一年,因为邻家的孩子生病无钱医治而身亡,他感叹小伙伴的苦命,写下了生平第一篇小说《小福之死》,呈现出少年穆青内心的悲喜。

1932年9月,穆青考上杞县大同小学五年级,后来又升入大同中学。当时的大同中学聚集了许多忧国忧民、具有进步思想的教师。这些教师中有一部分是共产党员,他们以隐蔽的身份给学生授课,讲革

1936年穆青在杞县大同中学上学时留影

命道理。作家姚雪垠就曾在这里避难和写作。共产党员梁雷和赵伊坪老师给了穆青最宝贵的政治启蒙,原中共河南地下党负责人之一、著名的语言文字学家郭晓棠是穆青的语文老师。有一次,穆青在作文中写了一个穷苦人痛苦生活的情形,郭晓棠大为赞赏,在文章后面批了很多鼓励的话,并在课堂上表扬,让同学们传看那篇文章。他给穆青推荐了4本课外书,即鲁迅的《彷徨》《呐喊》和茅盾的《子夜》、高尔基的《母亲》,让穆青阅读。郭晓棠老师在兼任历史老师时,常常给学生讲民族英雄的故事,给他们灌输抗日救国道理,激发学生的爱国主义思想。穆青从热衷于阅读《七侠五义》之类的书,转向接近革命进步书籍。1936年下半年,姚雪垠离开杞县去了北平。学校在梁雷、赵伊坪老师的倡导下,创办了宣传抗日救亡的文学杂志《群鸥》,穆青积极参加了撰稿和编辑工作。15岁的穆青在《群鸥》杂志上发表了《迎一九三七年》,文中写道:"一九三七年没有芬芳,没有花香。等待我们的将是弥漫全国的抗日烽火,将是决定民族生存死亡残酷的斗争!"《群鸥》杂志虽然只办3期就被当局查封,但"群鸥"精神却一直激励着穆青和同学

们不畏风浪、奋勇拼搏。晚年的穆青曾回忆说："后来我之所以能够走上革命道路，与大同中学有着很大关系。我们还把'抗日救国'4个大字书写在墙上，非常醒目。国民党政府知道后派人来调查，不让写'抗日'这两个字。我们干脆把'日'字上打了个'×'，国民党拿我们没办法。"

　　1937年夏，穆青从大同中学毕业后，考入开封两河中学高中部读书，入校不久便和同学冯若泉策划离开学校到山西前线投奔八路军之事。10月，冯若泉先行山西。12月穆青收到冯若泉的来信，信封上有"第八路军司令部"字样，里面还有一张从开封到临汾的路线图。学校训导主任找穆青谈话，劝他报考黄埔军校洛阳分校或者参加汤恩伯的13军。穆青明白，他的信件被拆阅了，他自己在学校当局那里"挂上号"了，他觉得必须离开这个学校。就在这一晚，穆青翻越了校园的院墙，悄悄回到家中，辞别父母，并邀几个大同中学的同学一起拿着《风雨》周刊的介绍信去了山西，参加了当时在临汾创办的八路军学兵队，并被分配到贺龙任师长的120师政治部工作。穆青后来在《忆雪垠老师》一文中写道："我永远不会忘记是党和姚老师在历史的紧要关头亲手把我送上征途的。"

到兰考采访树学习榜样

　　1965年年底，新华社派穆青和冯健去河南了解情况，为即将召开的新华社全国分社工作会议准备材料。周原打前哨，先到豫北，一进兰考就听到了焦裕禄的故事。他建议穆青和冯健一定要到兰考看一看。采访现场，穆青他们被焦裕禄的事迹感动得涕泪横流，以至于无法写稿子，他们只好转移到开封。到了开封，周原一口气写成1.2万字的初稿。穆青和冯健带上初稿返回北京。他们把稿子改了一遍又一遍，直到第七稿才满意。第七稿传回河南分社，请周原再赴兰考进行核实，直到完全无误的时候，才于1966年2月6日由新华社向全国播发。中央人民广播电台在播发这篇通讯前，录音制作出现了前所未有的障碍——稿子还没念到一半，著名播音员齐越就已经泣不成声了，录音制作只好中断。再念一节，他又泣不成声了……这一天的《人民日报》

在头版头条刊登了长篇通讯《县委书记的榜样——焦裕禄》，并配发了《向毛泽东同志的好学生——焦裕禄同志学习》的社论。

故土情深沉醉菊香

穆青每年都要回河南故乡一两次，他把家乡河南定为采访和调查研究的基地：他写的《十个共产党员》，河南的典型就占6个。每逢改革提出新问题，他都要回到父老乡亲中寻找答案。他曾七返兰考，八下扶沟，九上辉县。

1982年1月，河南省人民政府批准恢复大同中学。1982年9月18日，大同中学举行建校50周年校庆，穆青不但题写了校牌而且参加了挂牌仪式，亲手将校牌挂在新址大门上面。穆青只要回杞县，总要先到母校看看，并多次向母校赠书。1998年开封市新华书店成立批销中心，时任总经理的刘占锋先生请穆青题写名字，穆青挥毫写下："中原书城"。

穆青喜欢开封的菊花，沉醉于满城菊香，在人潮如织中，他常端着相机，忘情于花海，同一朵花，同一个景，他拍的与别人不一样，他与菊花对话，把菊花人格化。他出版的画册《汴菊》《开封菊花》，成了开封的骄傲、开封的"名片"。

1988年，穆青为《开封日报》创刊40周年题词

张瑞芳：一路芳华耀银幕

她是中国电影的老一辈艺术家；她是昔日叱咤风云的当红明星；她在花样年华投身革命，宣传抗日，在枪林弹雨中出演了很多话剧、电影；她的表演激发了民族爱国激情，掀起了抗日救国热潮；她与秦怡、舒绣文、白杨被誉为"抗战四大名旦"。她就是张瑞芳。20世纪30年代，她曾一度在开封宣传抗日，70年代在开封拍摄的电影《大河奔流》中扮演女主角。

学生时代投身抗日宣传演出

张瑞芳1918年出生于保定，母亲对孩子管教甚严，北伐战争前举家移居南京。由于战乱不断，北伐战争胜利前夕张瑞芳随母亲又迁到北平住在姥娘家。张瑞芳在北平市立第一女子中学读书，自初中二年级的时候就开始尝试演戏了。当时，田汉的剧作对她影响比较大，在学校，她先后演出了他的《梅雨》《获虎之夜》。学生时代演出比较清苦，戏装都是借来的，布景都是纸扎的，经常糊补，但是，她的热情很高。到了高中时代，学校组织了"戏剧研究会"，张瑞芳从此才踏上了较为正规的业余演出。1935年夏天，她报考国立北平艺术专科学校，该校由北平大学艺术学院改为国立北平艺术专科学校后，取消了戏剧系，张瑞芳就报考了西洋画系。国立北平艺术专科学校是当时最好的艺术学府，有好多留学国外的名师。1935年12月9日，北平万余名学生举行大规模的抗日救亡示威游行，张瑞芳与同学们六七人一排，手挽手肩并肩，高喊"打倒日本帝国主义！""反对华北自治"等口号，只觉得热血沸腾。

1937年初，上海左翼电影戏剧工作者组织前线慰问团为抗日将士演出回来路过北平，各学校纷纷邀请他们见面、演唱和教救亡歌曲。他们准备在燕京大学公演四个独幕剧，其中《黎明》中三个角色只有崔嵬一个人，缺少两个女主角，于是，崔嵬就通过北平"学联"的推荐，找到了张瑞芳和另外一个女生参加演出。崔嵬成了张瑞芳的启蒙老师，

青年张瑞芳

他不但把革命的思想带给了她，而且把革命的文艺带给了她，促使张瑞芳投入崭新的艺术创作境界。1937年4月，张瑞芳和崔嵬在军警的层层包围下同台演出街头话剧《放下你的鞭子》。7000多人在广场上围成一个大圈子，演员们全身心投入，无数观众沉浸在激昂的爱国热情中，观众不断扔铜板、银圆、钞票，支持抗日。连一些富有正义感的军警都深受感染，扔了军棍，与民众一起高呼"放下你的鞭子"，把石块投向剧中耀武扬威的日本鬼子。在抗日救亡第一线，张瑞芳的演出不知鼓舞了多少中国人的斗志！因为这些抗战独幕剧，她就此踏上了艺术道路。

1937年7月，卢沟桥事变以后，她参加了"北平学生战地移动剧团"。该剧团由北平市地下党委书记黄敬负责组织，参加者多是北平清华大学、中国大学、东北大学、国立艺专的学生，黄敬也是北平"一二·九"学生运动的活跃人物。7月15日，一群年轻人满怀报国之情聚集在中国大学的一间教室里，召开了剧团成立会议。他们把剧团的名字暂定为"农村服务旅行团"，

发表了慷慨激昂的讲话，一起唱歌，情绪激动而热烈……后来他们在报上看到邹韬奋发表的《战地移动剧团》，深受启发，原有的"农村服务旅行团"的名字已经不再适用，他们的阵地也不再限于农村，而要向前线转移。经过讨论，他们决定把剧团定名为"北平学生移动剧团"。张瑞芳和她的战友们，离开北平，开始南下，他们开始过起了居无定所、风餐露宿、朝不保夕的生活，辗转在山东、河南做战地宣传，受到抗日军民的欢迎。

掀起开封救亡宣传新高潮

1937年12月27日，济南沦陷。1938年初，剧团离开曹县，步行出山东，进入河南开封。

开封的救亡运动曾得到上海、北平等地爱国知识分子的热情指导和帮助，如著名艺术家贺绿汀、冼星海、金山等。北平学生移动剧团是在1938年元月到达开封的。著名作家陈荒煤和电影艺术家张瑞芳也是该剧团成员，他们联合河南私立北仓女子中学、河南省立开封女子中学校、河南省立开封女子师范学校的学生同台演出，受到开封各界好评。

张瑞芳在开封经常演出的节目有抗战歌曲大合唱、话剧《烙痕》和街头宣传剧《放下你的鞭子》《林中口哨》等。张瑞芳现身说法，说："我们都是来自北平大专学校的流亡学生，家乡已经沦陷了。"接着，她就宣讲"国破家何在？只有团结一致抗战到底才有出路等道理"。听者格外感动，开封年纪大的观众时常疼爱地抚摸着她的手落下泪来。

开封的抗日救亡空气沸腾了，被压在地下的力量爆发了，到处出墙报，到处救亡宣传、唱救亡歌曲、演救亡话剧及其他各种活动。张瑞芳随团在开组织多场演出，把开封的救亡宣传推向一个新的高潮。

陈荒煤、张瑞芳同他们的演剧队在开封停留了一段时间，住的地方距《风雨》周刊编辑部不远。他们一有时间就到编辑部找王阑西，要他请他们吃点东西。王阑西带他们到北土街南头吃坛子肉。那是一个老先生开的只有一间门面房的小铺子，只卖用砂锅煨的坛子肉和他自己做的烧饼。他们三个人吃一碗坛子肉，吃点烧饼，非常满足，5毛钱就可以享受一顿"美餐"。张瑞芳十分难忘开封的"美味"。

开封拍摄《大河奔流》塑造经典

张瑞芳在《大河奔流》中塑造的形象堪称经典，剧中她所塑造的人物神形俱佳、真实感人，内心世界丰满，形体动作优美。

张瑞芳在开封拍摄的《大河奔流》电影中饰演李麦

电影《大河奔流》改编自河南籍电影剧作家李准的小说《黄河东流去》，1978年夏在开封拍摄外景。导演选中寺后街的万福楼作为"金谷酒家"摄入镜头。随着一声"上活鱼"，张瑞芳饰演的李麦手握着一条红尾巴的鲜活黄河鲤鱼，当着三位外国记者的面，她举起鱼"哗"地摔在地上，然后由厨师烹制成"鲤鱼焙面"这道名菜。还拍摄了，在宋门李麦在城门外一条小街上找到了她失散的儿媳梁晴、在相国寺李麦与凤英偶遇后坐在大雄宝殿前拉家常等几场戏。张瑞芳具有饱满的创作激情和娴熟的表演技巧，她从生活体验出发，出色地完场了这几场戏。她成功地塑造了一个真切动人、性格鲜明的豫东农村妇女形象、朴实、真切、自然、生活是张瑞芳的留给开封观众的良好印象。

徐文德：豫剧舞台大武生

徐文德，杞县高阳集人，祥符调著名武生，1909年出生于高阳老洋口胡同一寒门之家，自幼喜欢戏剧，少年时就入杞县六班（马武郑郝刘常六姓联办的"六家姓班"）投师张万清（外号"老谜虎"）跟班学戏，工武生，兼演红脸。出科后，徐文德搭班杞县，十五六岁即已就红遍杞县。后进开封，他博采众长，打破剧种界限求教于京剧名流，得于富美、蓝约春、白玉庭指教，学会扎翎、别相、拉马三绝招。他对技艺精益求精，常练不懈，20岁的时候就有6名助手专门配合他演出。从20余岁开始，他就受到开封观众的欢迎，在郑州、商丘等地区亦有很大影响。1932年，他曾经和坤伶名旦赵秀英在开封演出《小花园》。

徐文德的妻子原名杨玉枝，河南夏邑人，20世纪30年代到开封搭班永安舞台，与著名演员马双枝、王润枝等曾一度同台演出，在开封沦陷前三月与徐文德结婚，改名为徐艳琴。徐文德在豫声剧院演新编古代戏《守湖州》，歌颂抗敌殉国的爱国主义精神，受到观众的欢迎和好评。1938年开封沦陷后，由于日寇飞机不断袭击，徐文德离开开封先到漯河，后率景乐班到界首演出。1942年，徐文德结识剧作家张介陶、蒋文质，常联合演出宣传抗日的剧作以激励群众的爱国热情，影响很大。

1946年初，开封沦陷时逃亡的国民党政府官员和伶人陆续返回开封，梨园又慢慢恢复了以前的繁荣景象。徐文德随景乐班回到开封。1946年3月20

日《中国时报》载:"豫剧编导、作家张介陶、蒋文质近日将具有民族精神、发扬正气之新作《一门忠烈》《陈圆圆》等,由界首来汴演员徐文德、徐艳琴,近日在豫声剧院公演。"1946年4月23日起,徐文德等在开封大陆电影院演出《守湖州》《陈圆圆》等剧。徐文德后来加入当时的工人戏院,长期在开封演出。

日本侵略开封的时候把人民会场改为新民文化宫

徐文德注重提高文化素养,讲究戏理,认真把握人物性格、戏剧节奏及高潮处理,每个动作皆经过精心研练。如《长坂坡·桥头》一折,赵云催马过桥,被张飞打下桥,他从"桥"(桌子)上向左上方凌空旋起,双叉落地,随即提起战马。回望曹兵未到,又催马上桥,左脚蹬椅,枪扎张飞的上下左右,佯战张飞,又暗察敌情,演法与众不同,独具特色,技高而有情趣。他的拿手戏还有《黄鹤楼》(饰赵云)、《凤仪亭》(饰吕布)、《芦花荡》(饰周瑜)、《翠屏山》(饰石秀)、《善宝庄》(饰曹庄)、《前、后楚国》(饰伍子胥)、《南阳关》(饰伍云昭)等。

徐文德为人正派,生活作风好,讲义气,结交的朋友多,生活简朴,善待同行,深得称道。1947年秋天,豫东一著名姓黄的文武小生因事被困于开封,托人让徐文德买下自备的戏箱。徐问明原因后说:"他来开封遇到困难,若买了他的箱，我徐文德算是个啥样的人？"他坚决不要戏箱，还慷慨解囊相助。

1947年春天，在商丘朱集单凤舞台演出时，徐文德傍角演员的师兄谢某去朱集办事，被警察所怀疑是八路军的密探，要把人带走，徐文德站出来说："他是来跟着我演戏的，出了事我负责，如果该枪毙，就枪毙我徐文德。"他大胆担保，阻止了警察把人带走。此后不久，谢某就参加了革命，担任了淮阳军分区翻身剧团的指导员。

1948年春，徐文德所在的开封南关天地台街长春戏院营业情况很好，经理们将收入的钱拿去做生意，不给艺人们发工资，一欠再欠，大家很是恼火。有演员将所有的站签（当作站票用的竹签）拿了起来，要求给大家发工资，否则一根签也不给。经理大发雷霆说："不演啦，摘戏牌。"徐文德挺身而出，把经理怒斥一顿，最后说："你不要拿不演戏吓唬人，今天你不把欠大家的钱完全发到手里，叫演也不演啦。不演也得还钱，不摘戏牌你算孬种，不演啦。"在场的演员愤怒地异口同声说："不演、不演，不把钱给完坚决不演。"那个经理像是漏了气的皮球，不知如何是好。另一个经理从一旁站出来，满脸赔笑地说："大家消消气，戏还是要演，钱准备好了，就准备发给大家。"说完拉着那个呆若木鸡的经理取来钱，全部发给了大家后，这才开始了演出，时间推迟了半个钟头。

徐文德身材瘦小，演元帅、大将、武林英雄有所减色，为弥补此种缺陷，他便将枪刀把子尺寸加长，以扩展动作幅度。一般单枪的长短垮便使用者的眉齐为宜，而他用的枪过顶有余；并采用对比的表演方法，如"滚身出枪"等动作，滚身后两次伏身很低，紧接着凌空腾起，空中打响"外摆莲"落地亮相，由低托高，显其英姿。1947年秋天，著名女武生常香玲到开封和平剧院演出《翠屏山》一剧，派人去借徐文德的单刀，取回一看，竟达她的腰部以上。她怀疑不是徐的刀，经人解释后方信，连声赞扬。

徐文德演武戏手脚特别轻快，跟他当配角的演员都很注意，不怕他穿薄底靴，最怕他穿厚底儿，厚底比薄底的脚步更快，和他同过事的无不称赞他的技艺。

徐文德经常巡演于开封、郑州、周口、商丘、皖北等地，所到之处皆受欢迎，观众说："徐文德这样的武生，不多见，舞台上一跑，像飞一样，真绝。"演戏收入的钱，除必要的生活费用外，他不买地、不买房，都用于添置戏箱，购头盔、枪、刀等道具。他功底很厚，技艺高超，成名不骄，对技术精益求精，每天早晨都要带着助手坚持练功，收功前把当天演的武戏一练再练。他常说，拳不离手，戏不离口，一日不练，上场难看。练功的时候，不是比比路子完事，而是和演出一样，走真的。他说："不能认为熟了就不练，熟能生巧，巧中求精。"河南许多名武生常叩门求教，"大和尚"、李运田、陈殿三、张新田、王福成、朱宝刚等都曾得其教诲。

20世纪50年代人民会场被改为中苏友谊宫

1948年5月开封第一次解放时，徐文德在开封车站的桥下面躲避国民党军队的飞机轰炸，不幸被流弹击中当场丧命，年仅39岁。同行朋友凑钱把徐文德埋葬。

吉鸿昌：抗战名将汴京情

2012年的春天，我在行走胡同的过程中，按照《顺河回族区地名志》的记载去寻找吉鸿昌的旧居，路上心里一直念叨志书中的那句话："吉鸿昌曾在大黄家胡同2号安家，人称'吉公馆'。""吉公馆"今日是否安好？遗憾的是由于时过境迁，很多房屋都已经拆除，一些门牌号都已经改变，再也找不到旧日足迹了，留下的只有那些口碑传说的吉鸿昌将军与开封的一些故事……

恨不抗日死

吉鸿昌1895年12月4日出生在河南省扶沟县吕潭一户贫苦的农家。1913年8月，冯玉祥在河南"招募新兵"，18岁的吉鸿昌毫不犹豫地走上去接受检验，从此开始了他的戎马生涯。吉鸿昌作战勇敢，机智超群，由一名普通士兵一步一阶升至军长，后来又任宁夏省政府主席。1930年，他奉蒋介石之命，调至苏区围剿红军。后来，他由同情革命到信仰革命。蒋介石对此怀恨在心，令吉鸿昌出国到欧美"考察"，以达到排除异己的目的。出国前夕，当听到九一八事变的消息后，他声泪俱下，说国难当头，凡有良心的军人都应该誓死救国，坚决要求留在国内与日军决战到底。但是蒋介石无动于衷，依然逼令他出国。1932年，他回到了祖国并加入了中国共产党。1933年，吉鸿昌联合冯玉祥、方振武等在河北省张家口组成察绥抗日同盟军，亲任同盟军第二军军长兼北路前敌总指挥。1934年，他又在天津建立"中国人民反法西斯大同盟"，任中央委员会主任委员。1934年11月9日，他被捕入狱，11月24日被国民党反动派杀害。"恨不抗日死，留作今日羞。国破尚如此，我何惜此头。"这是抗日民族英雄吉鸿昌将军就义前，在刑场上以树枝为笔、以大地为纸，写下的最后诗章。

吉鸿昌

将军的开封情

吉鸿昌年幼的时候家境贫寒，他的父亲吉筠亭是个正直、和善、勤劳的老实人，多年来在吕潭镇一直开个小小的茶馆谋生。他每天从早到晚总是提着一对大铁壶，跑前跑后忙个不停，乡里人都亲切风趣地称他"两湖（壶）总督"。因家中没有显赫人脉，吉鸿昌一家便经常遭受本族人的欺负。"是可忍，孰不可忍！"老实巴交的吉筠亭忍无可忍，跑到省城开封找官府告状，但由于没有钱打点，屡屡告状无果。吉筠亭不由得怨天尤人，盘缠花尽，官司也没啥进展。一个异乡人，在偌大的省城开封举目无亲，诸事不顺，四顾茫然，不仅怆然涕下。他的举止引起了开封市民郭广太的注意。郭也是个老实人，心地善良，家住北羊市街，以卖烧饼为生，先是给吉筠亭吃了几个热烧饼，顺便倾听了他的陈述。郭广太很同情吉筠亭的遭遇，便把身陷绝境的吉筠亭领到自己家中管吃管住，还找律师帮他打官司。吉筠亭感激不尽，遂和郭广太义结金兰，回家后叮嘱吉鸿昌在开封有他们一家的恩人，以后飞黄腾达了一定要报答。

1913年，吉鸿昌参加了冯玉祥的军队，在陆军第十六混成旅当学兵。当时在学院门受训，距东大寺不远。他想起父亲挂念的开封恩人郭广太，郭家就在北羊市街西侧，于是就想去探望。恰好，吉鸿昌的祖母十分挂念他这个长孙，就和吉筠亭一起到了开封。见到吉鸿昌后，他们几个人又专程买了糕点礼品到郭家拜访恩人。吉筠亭他们还在郭家小住了几天，吉鸿昌也请假几日陪同家人游览了开封的名胜古迹。后来，吉家来人都居住在郭家，两家人感情亲如一家，甚至吉鸿昌的侄女来开封也食宿在郭家。

1922年，吉鸿昌因为有勇有谋升职为营长，驻防在开封西门里。那时郭广太已经不再经营烧饼摊儿了，开始以赶马车为生，替人运送一些货物，赚些微薄的辛苦钱。当时正是军阀混战时期，城头经常变换大王旗。各路军阀为了补充兵力和物资，经常在大街上乱拉车夫，而郭广太经营的马车正是被征用的对象。为了避免事端，吉鸿昌就给郭广太一面有自己部队番号的小旗，让他插在车上，这样就会减少被征用的危险。吉鸿昌是知恩图报的人，他时刻记着父亲当年的叮嘱。为报答郭家的恩情，他让部下通过招标的方式把郭家马车纳入编外运输队，这样一来，部队的一些运输任务就可以交给郭广太了。如果临时任务繁重，郭广太还可以再组织车马帮助运输。在吉鸿昌的营地，郭广太出入无阻。吉鸿昌也常到郭广太家中，嘴里喊着"喔喔""驾"，时常拿起鞭杆潇洒地耍上几下。

后来，吉鸿昌在大黄家胡同2号安家后，离郭广太家很近，两家时常走动。吉鸿昌的妻子胡洪霞在开封分娩时，郭广太的孙女前去护理照顾。当时郭广太孙女的新生婴儿不幸夭折，于是就用自己的乳汁哺乳吉鸿昌的孩子。胡洪霞迁到天津后，还向开封郭家老人要旧衣服，说这样小孩子可以健康成长。郭广

吉鸿昌

太的孙子郭鸿钧跟随了吉鸿昌在军队当文书。郭广太病危住院的时候,吉筠亭前往探望。郭广太的妻子临死前,吉鸿昌也一直在现场。吉鸿昌遇难后,胡洪霞将吉鸿昌的遗物——一些书籍和战刀寄存在郭家。因郭家居住陋巷,且又临街,往来人杂,加上后来屡次搬家,吉鸿昌将军的珍贵遗物遗失无存。为此,郭鸿钧心存愧疚,深感对不住故人重托,每想起就暗自流泪。离世前,他专门到吉鸿昌墓前绕行数周,怅然作诗一首焚于墓前,寄托哀思和眷恋。

创办"筠亭医院"

1931年,吉鸿昌的父亲吉筠亭在开封因病去世,灵柩连夜从开封运到吕潭老家。10月,为纪念父亲,吉鸿昌投资4万元,在开封馆驿街开办"筠亭医院"。(《开封市志》)"筠亭医院"由跟随吉鸿昌多年的军医朱兆坤经管。受吉鸿昌的委托,朱兆坤为了办好"筠亭医院",就把自己在徐府街开办的"同仁医院"并入到"筠亭医院"。

馆驿街的"筠亭医院"分为东西两个院子,东院为门诊和办公用房,西院作为住院病房。刚开办的时候,朱兆坤到上海购置了医疗设备,有太阳灯、X光机等,还开办了护士班,聘请了外科医生和产科医生,以西药治疗为主,专为市民、工人、学生和小商人等下层人群看病诊病。街坊、亲友治疗一律

吉鸿昌写给妻子的信

免费。凡吉鸿昌部下的人来开封，医院不但管吃管住，而且走的时候还要再给一笔路费。

1938年秋，沦陷后的开封百业萧条，"筠亭医院"遭受日军洗劫后，更是难以经营。吉鸿昌将军牺牲后医院已经没有了经费，于是朱兆坤还专程到天津找到了吉鸿昌的爱人胡洪霞，希望她通过社会关系给医院筹备一些经费，但最终却没有成事。因经费拮据，"筠亭医院"不得不停业关门。

杨靖宇：从开封踏上革命征程

少年时代看电视剧时，有一个镜头让我印象颇深：杨靖宇作为东北抗日联军创建人和领导人，最后惨死敌手。敌人剖开他的遗体，发现胃里连一粒粮食都没有，只有野草、树皮和棉絮。由于被杨靖宇的英雄形象所震惊，日军官兵脱帽致敬，俯首跪地，以此表达对中国英雄的敬仰。连纷飞的大雪也似在为英雄送葬。郭沫若后来曾给杨靖宇赋诗一首："头颅可断腹可剖，烈士难消志不磨。碧血青蒿两千古，于今赤帜满山河。"我后来才知道，杨靖宇是在开封接受了革命思想，在开封加入了中国共产主义青年团。他是从开封踏上革命征程的。

路见不平仗义执言

1905年2月13日，杨靖宇（原名马尚德，杨靖宇是他到东北抗日后才改的名字）出生于河南省确山县李湾村。他的父亲是个佃农，在杨靖宇5岁的时候因积劳成疾去世。母亲带着他和妹妹与祖母、叔叔一家一起生活。生活的艰辛让杨靖宇变得自立和自强。由于家境贫寒，饱尝苦难的母亲深明大义，她节衣缩食，为的就是让儿子能够读书。在母亲和叔叔的支持下，杨靖宇上了本村的一家私塾。他刻苦学习，勤奋努力。1913年，李湾村成立初等小学堂，因"民国教育部"尚未编纂新的教科书，在河南仍沿袭旧制，学习《四书》《五经》。这一时期的传统教育塑造了他高尚的人格,使他具备了良好的修养。

当白朗率部经过李湾村"打富济贫"时,其英雄行为在少年杨靖宇的心目中打下了深深的烙印,对他立志报国产生了久远的影响。当时杨靖宇立志要做白朗第二,每天早晚抓紧时间打拳习武锻炼身体,为未来振兴民族大业做准备。1919年5月4日,北京爆发了青年学生爱国运动,确山县各小学也纷纷响应。校学生会代表杨靖宇被学校指派为带队人,带队游行示威,进行街头演讲,并到车站、商店查禁日货。有一天,学生的爱国行动受到县政府的无理阻挠。在京汉铁路工人数百人的强大队伍支援下,经过6天的斗争,县政府被迫承认焚毁日货是爱国行动,杨靖宇这才率领学生队伍胜利复课。

青年时期的杨靖宇

1920年,确山县教育局派"学监"前来"整肃校纪"。一天,"学监"借口丢失衣服,叫"团防营"差士兵吊打校工老李。杨靖宇路见不平仗义执言,发动学生驱赶兵差,因此引发一场"团防营"派兵包围学生的事件,险遭校长开除学籍。经过据理力争,"学监"偷偷溜走了事。校长弄清事情本末,感激杨靖宇主持正义。

在开封接受进步教育

1923年8月,杨靖宇会同几名同学,抱着实业救国之志,考取了河南省立第一工业学校。河南省立第一工业学校地址在当时的开封市实业司街,这所专业学校分为初级班和高级班两个阶段,受业时间均为3年。初级班只开设基础知识课，结业升入高级班后才能分科学习专业理论。

开封地处中原，背靠黄河，为水陆交通之枢纽，很容易及时看到北京、上海等地出版的进步书籍。五四运动以后，开封就自然形成传播新文化、新思想的地方。在开封期间，杨靖宇经常到图书馆博览群书，尤其喜爱读史。他向往革命，追求进步，发愤攻读，刻苦学习。他的入学考试作文《劳工神圣论》由于见解独到、论述有理，一入校就得到学校社会科学教员贺光武的注意。贺光武通过侧面了解，发现这个青年喜欢进步书籍，觉得他有思想、有抱负，是个可造之才，便亲切引导，鼓励他多阅读进步刊物。

杨靖宇（右一）在开封求学时与同学徐子荣、张化宇合影

在贺老师的指导下，杨靖宇开始接触马列著作。贺老师是中共地下党员，他的启发和理论指导为杨靖宇以后走上革命道路奠定了深厚的基础。

杨靖宇一接触马列主义，就认识到这是拯救苦难深重的中国人民的正确的学说。他长吁一口气，就好像在沙漠里跋涉时看到绿洲一样欣喜若狂，在找到这一个正确的学说之后，那些使他苦恼的问题都迎刃而解了。他接受了马列主义，并决心要很好地学习、掌握和运用这个学说。1923年初冬，杨靖宇从《北大日刊》上看到北京大学马克思学说研究会招收会员的启事，喜出望外，急忙写信和该会联络处的人员联系，成为北京大学马克思学说研究会的第88名会员，也是开封市唯一的会员。当时，河南参加北京大学马克思主义学说研究会的一共有4人，杨靖宇是报名较早的一名会员。第一年暑假，学校将回乡学生组织起来办农民夜校，确山县的同学一致推选杨靖宇为夜校

主任。为了讲好课，杨靖宇事先到开封各图书馆查阅白朗起义史料，准备讲稿。他回到确山县带领同学在县城创办了3个夜校，历时40天吸收学员近百人。

从这里踏入白山黑水

杨靖宇时常坐在河南省立第一工业学校校园里面那座据说是杨家将和岳家军点将台的树荫下，专心致志地阅读着新出版的《新青年》《向导》等杂志上所刊载的鲁迅和李大钊的文章，思想上深受影响。现在的东北抗日联军纪念馆仍存有杨靖宇的两篇作文，一篇为《战区灾民生还时之感想》，通过描写一个四处流浪老人的悲惨遭遇，揭露军阀连年混战给国家和人民带来的深重灾难；另一篇为《与友人论修学方法书》，他认为要获得学问，必须勤于思考、字迹清晰、刚劲有力。文章内容深切表现了作者忧国忧民的爱国之心与严谨的求学态度。在河南省立第一工业学校的学习生活是杨靖宇走上革命道路的开始。

在河南省立第一工业学校旧址上的杨靖宇塑像

1925年，上海发生了五卅惨案。6月1日，消息刚传到开封，立刻引起了各校学生的极大义愤，激起汹涌澎湃的反帝怒潮。学生们纷纷抗议英帝国主义的暴行。全市大中学校的学生一致表示，坚决声援上海工人阶级的正义斗争。杨靖宇是河南省立第一工业学校的学生代表之一，他带领检查与抵制英货的学生小组到处讲演，号召开封产业工人、各大中学校学生联合举行罢工、罢课游行示威。他们在古都开封的大街小巷到处张贴标语，上书："反对英国帝国主义！""收回租借地！""取消外国领事裁判权！""取消一切不平等条约！""严惩杀人凶手！"杨靖宇立场坚定、旗帜鲜明地投入反对英帝国主义斗争的洪流中。"六一"那天，杨靖宇身穿长衫，一大早就站在通往车站的一个街口宣传台上，激昂地挥着拳头，向围得水泄不通的人群高声演讲："同胞们，我们再也不能像一头牛那样默默地忍耐下去了，我们再也不能任凭那些帝国主义刽子手们任意枪杀和逮捕我们的骨肉同胞了。同学们，同胞们，让我们齐心协力，打倒列强，铲除封建军阀，自己拯救自己吧！"整个上午，杨靖宇那洪亮的声音都在街头上空震荡。他大声疾呼道："起来吧，同胞们！全中国人民站起来，举起铁拳，拯救我们的祖国，拯救中华民族，拯救我们自己的命运吧！"他还不断振臂高呼："打倒帝国主义！""向英帝国主义讨还血债！""全国人民团结起来，与帝国主义列强斗争到底！"

1926年年初，杨靖宇加入刚组建的"青年协社"。"青年协社"是共产主义青年团的外围组织。开封当年各校都建有河南青年社、青年学社、青年救国团、青年干社四大学生群体，为联合起来开展斗争，这四个青年学生社团统一集中成一个学生组织——"青年协社"。1926年秋，杨靖宇在开封加入中国共产主义青年团。

1926年7月，国民革命军开始誓师北伐，沿途受到广大工农群众和各界人士的热烈拥护，势如破竹，发展迅猛异常。当时，在北伐胜利的鼓舞下，郑州、开封等地的学生运动更为高涨。驻扎在河南的奉鲁军阀和河南军阀政府对青年学生既恨又怕，认为这些青年学生都被赤化了。杀了，他负不了这个责；不杀，北伐军一到非闹事不可。为了破坏蓬勃兴起的河南学生运动，防止其策应北伐军入豫，1926年12月21日，河南督军靳云鹗下令开封各大专院校提前放寒假，下令开封及郑州等地各学校学生限3日内离校。同时，为防止青年学生将革命书刊带到全省各地，鼓动和赤化民众，特明文规定：学生离校，书籍、行李一概不准携带，连一张纸也不能带出校门；要集中返乡，严禁单独行动。他们以为把学生赶出城市，分散到全省农村，就不会再聚集在一起闹事了。中共河南省委借机组织放假回乡的党团员与青年学生参加农民运动，杨靖宇、张耀昶被指定为回到确山县开展农民运动的负责人。

杨靖宇接受党的派遣，和同学张耀昶一起离开开封，回到家乡确山县从事农民运动。直到后来，他与日寇血战于白山黑水之间，孤身一人与大量敌人周旋战斗几昼夜后壮烈牺牲。

杨靖宇将军在开封读书处

对于杨靖宇，我每次想起就心生敬意。多年之后，我到开封读书、工作，每次路过北道门看到杨靖宇当年读书上学的地方，都不禁思绪万千。那幢小楼还记得当年一位发愤图强的年轻人孜孜不倦的身影吗？那座亭子还记得那时还叫马尚德的进步青年清晨琅琅的读书声吗？那个传说曾是杨家将和岳家军点将台的小土山还记得吗？后来改名叫杨靖宇的那个青年从此扬起了风帆，开始了革命征程……如今那里依旧车水马龙，街边立的文物单位保护石碑静静站立在尘飞尘落的街头，任凭风吹雨打，任凭岁月变化。杨靖宇将军读书的那座亭子矗立在喧闹的街道旁边，一层栅栏被郁郁葱葱的草木围绕，历史的细节静止在秋日私语之中。过往的风和行人匆匆，甚至不及回眸。而在历史深处、岁月河边，杨靖宇一如他汉白玉的塑像一样傲然屹立，静默不语却凛然大义……

邵次公：一腔正义的风雅名士

夜读诗书，忽然发现了一个闪亮的名字——邵瑞彭，字次公，浙江淳安人，曾得清末文字训诂学家孙诒让的薪传，此人以字名世。邵次公一生中最令人称道的一折是他第一个站出来揭发曹锟贿选的闹剧。20 世纪 30 年代，他执教于河南，为学渊博、著作等身、名震省垣，与当时豫省学界结交甚密，后客死他乡。

擅词章，彰显魏晋风骨

邵次公，1888 年出生，自幼聪慧，5 岁读经，7 岁能诗，15 岁中秀才，16 岁补廪生。邵次公的父亲在咸丰年间曾任瑞安县教谕。他目睹清政府腐败无能、丧权辱国，毅然从事资产阶级民主革命，先后加入光复会、同盟会，时任同盟会浙江支部秘书。1909 年 11 月，中国著名诗人、曾任孙中山总统府秘书的柳亚子等创南社于苏州，邵次公闻讯后即加入，后来成为南社重要成员。在南社他开始声名远播，渐为文坛所知。从省立优师毕业后，正值辛亥革命，他积极参与光复浙江军事行动，事成之后不图名利，乃托疾返乡。"民国四年（1915）乙卯冬，樊樊山、易实甫、罗瘿公先生开寒山诗钟社，地址假（同"借"）宣武门外江西会馆。一时胜朝遗老、避地寓公，兢病尖义，争奇角胜，同社诸子不下百数十人"，邵瑞彭亦加入该社。樊增祥曾有"邵子晚入寒山社，意新语僻世讥骂"之语，可谓形神俱肖。

前排坐者为邵次公

1912年12月，国会成立，邵次公当选为众议院议员。1913年10月初北上出席众议院会议之时，袁世凯实行专制独裁，开始对议员威胁利诱，不从者或被逮捕或被杀害。10月6日选大总统的时候，会场军警林立，如临大敌，经14小时3次投票，袁世凯才勉强当选。邵次公对袁世凯甚为不满。次日，《国民公报》刊载袁世凯迫选丑行文章，邵次公即广为宣传，令人拍手称快。1915年袁世凯阴谋称帝，邵次公拒绝与之同流合污，满怀忧国忧民之心郁郁返里，寓居在岳父家中，在当地小学教书为生。1916年6月，黎元洪继任大总统，又召开国会，邵次公应邀再度北上。他一度寄希望于黎氏，但府院争权，导致张勋复辟。1921年4月，孙中山号召国会议员到广州商议国事，邵次公和其他一批国会议员一起南下，5月5日，出席国会非常会议，选举孙中山为非常大总统。但桂滇军阀横行，肆意诋毁孙中山，邵次公忧蹙憔悴，痛感回天无力，遂北还做客京津。

《鲁迅日记》1924年3月16日载："寄邵次公以《域外小说集》一本。"1924年12月8日记载："晚子佩招饮于宣南春……坐中有……邵次公。"他和鲁迅认识得应该比较早。1908年，邵次公考入浙江两级师范学堂，就读于优级史地选科，1911年毕业。1909年9月至1910年7月，鲁迅则在该校任教，担任初级师范部化学课、优级师范部生理学课程教员，同时兼任博物课日籍教授铃木珪寿的翻译。

邵次公是清末民初的著名词人，在现代词坛上负有盛名，自言"幼习倚声，长治齐学"，后来以词名世。杭州著名词家夏敬观评价其词曰："次公为词,宗尚清真,笔力雄健,藻彩丰赡……运用典实,如出自然。"此后其"体格又稍变,运用典实,如出自然,博综经籍之光,油然于词见之,盖托体高,乃无所不可耳。"叶恭绰也揄扬其词曰:"次公词清浑高华,工于镕剪。"龙榆生的《近三百年名家词选》收录邵次公词13首。况周颐《蕙风词话》里面关于他的文字就有好几处,如《邵次公指事词》《邵次公玲珑四犯》等。刘叶秋在《学海纷葩录》回忆起邵次公说他"才思敏捷,而性高傲,意有不惬,即以白眼向之,弗与酬对"。1931年,应河南大学聘请,邵次公担任国文系主任,寓居开封,清贫自守,授课之余,潜心治学,工词章,尤精通古历算学、目录学,卓有成就,学界评为"发有清一代诸人未发之秘"。朱自清说:"读邵次公《扬荷集》竟,觉集中令词境界苍老,如诗之有宋;至如《生查子》数阕,直以诗为词,实前所未有。"卢前说:"次公是不甘心做文学家的,你要称他为词人,他一定觉得你小看了他。其实,他这充满浪漫气氛的一生,的确是个词人的行径。……我和他在河南大学是同事。我在开封三年,几乎每天都和他在一道。……谈到他的著作,我看仍然是词第一,那部《扬荷集》和《山禽余响》等是词坛上少见的作品;书法晚年完全写的褚字,虽然也接近宋徽宗的瘦金书;还是褚意多于瘦金书。说起来他毕竟还是一个词人,一个文学家。"

就是这个"擅词章,风骨骞举"的邵次公先生,在北平做出了一件惊天大事。

20世纪30年代的开封鼓楼

申正义，状诉曹锟贿选

1923年10月，时任直鲁豫巡阅使的曹锟要当大总统，乃密遣内务总长高凌尉出面收买国会诸位议员，或给以顾问，或奉为咨议，并许诺月给"津贴"200元。10月1日，设在北平甘石桥的总统选举筹备处向在京议员分赠5000元面额支票一张，承诺总统选出三日后即行兑现。

曹锟此举密谋已久。曹锟竞选班子计划每张选票给价5000元，但又担心付款后议员不投票，而议员也担心投票后不付款，于是最后决定在选举前发给议员每张选票5000元的支票，待选举完成后即可持支票兑现。国会议员绝大多数接受贿赂投了票。

邵次公对曹锟贿选十分愤慨，表面上与已出卖灵魂的议长吴景濂相周旋，取得行贿证据的支票一张，暗中却做好脱身准备。

1923年10月6日的《晨报》记载了曹锟选总统的新闻："闻昨晨开会之前，前夕甘石桥之大选筹备机关，通宵达旦，活动不休。夜分，门前犹有汽车六百余辆。该俱乐部中原有五大客厅，卒以来者过多，几无立锥之地。喧闹终宵，支票计发出六百零数张。"

10月6日，邵次公在上海《申报》刊登了5000元贿选的支票照片，翌日他又在该报发表通电各省"告发北平贿选"的檄文，并将支票制版数十张分照寄给全国各报馆。被曝光的直系军阀大惊失色，诡称邮局检查员检出皖系政客姚震、李思浩致邵次公的一封信函，内嘱其窃取大选议员的名册，且许以其4万元为酬劳。北洋当局遂据以通缉邵、姚、李等人。通缉令下发之后，邵次公已经易装遁往上海避难。途中，他在天津致函京师地方检察厅，声明"决不申请撤销告发"。

曹锟粉墨登场，遭到举国上下的一致声讨。在当时北洋军阀随意捕人杀人的情况下，邵次公不畏强暴、勇者不惧，状内词意激昂，尽情揭露。他在向"各省区军民长官、各省议会、各团体、各报馆"寄发的《邵次公揭露贿选诉状》中写道："次公幼承庭诰，自行束脩，及为议员，不骛党争，不竞名利。十载以还，嵩目十变，以为宪典未立，拨乱无方。曩岁恢复国会之役，蒙犯艰难，奔走凤夜，方冀大法早成，私愿已足，未敢贪婪竞进，为我邦家羞。……次公虽切覆巢之忧，犹殷补牢之望。不图构难之人，志在窃位。金壬鼓煸，思欲重贿议员，使选举曹锟为总统。初疑报纸谰言，未足凭信。乃本月一日宵分，竟有授次公以五千元支票之事。窃谓致变之应如何处置，曹锟之宜为总统与否，皆当别论。若夫选举行贿，国有常刑，不为举发，何所逃罪。特向京师地方检察厅依法告发。又恐京师受制强暴，法律已无效验。用是附告发状原文，布告天下，以求公判。邦人父老，百尔君子，其鉴察焉。"

在诉状中，邵次公告发高凌爵、王毓芝、边守靖、吴景濂等，因运动曹锟当选为大总统，向议员行贿，请依法惩办，以维国本而伸法纪事。"窃民国总统，职在总揽政务，代表国家，地位何等重要。乃直鲁豫巡阅使曹锟者，以骚乱京师，翊戴洪宪之身，不自敛抑，妄希尊位。国会恢复以来，以遥制中枢，连结疆吏，多方搜括，筹集选费为第一步。以收买议员，破坏制宪，明给津贴，暗赠夫马费为第二步。以勾通军警，驱逐元首为第三步。以公议票价，速办大选，定期兑付，诱取投票为第四步。

"传闻每票自五千元至万余元不等，于本年十月一日，所谓甘石桥俱乐部竟公然发行通知，召集在京议员五百余人至该处。表面称为有事谈话，实则发给支票。此项支票系用'洁记'字样，加盖'三立斋'图记。均由王毓芝、边守靖商同高凌爵，吴景濂等亲自办理。所签票数在五百张以上。而当时领票人员有一百九十余人，其经中间人过付持送者不在此数。次公持身自爱，于此等事未敢相信。适值同乡议员王烈将前往该处，托其向王、边等探听。王君回称，该被告等已将选举曹锟之票价支票五千元交我带交，退还与否，听君自便，我不负责等语。次公当将支票留下。似此公然行贿，高凌爵等显犯刑律第一百四十二条、第八十三条、第一百五十九条第一项第二款之规定……除曹锟、王承斌、熊炳琦、吴毓麟、刘梦庚等分属军人，当依法另向海陆军部告发外，特检具甘石桥通知一件，五千元'洁记'签字盖有'三立斋'图记，背注邵字之支票，照片正反两面共二纸，向大厅告发。为此请求即日实行侦察起诉，严惩凶顽。民国幸甚！此呈京师地方检察厅检察长龙。

众议院议员邵次公呈。"

邵次公为国家立纪纲,为国会保尊严,为议员争人格,慷慨陈词,不畏强权,轰动一时。

此诉状公布后,曹锟手下之人吓得手足无措,有人主张捕杀,但邵次公已离开北平。邵次公辗转返乡,途经上海、杭州、严州,受到人民热烈欢迎。在上海他还列席新南社成立大会,受到盛大欢迎。(参见《柳亚子年谱》)到达淳安,石硖师范讲习所和雉山小学及县民分别举行欢迎大会,会场张挂"揭发五千贿选,先生万里归来"的大红横幅。邵次公发表演说,怒斥曹锟贿选总统罪行。

因为邵次公的揭发,全国"倒直"风潮汹涌,孙中山、段祺瑞、张作霖等以"起兵讨贼"为号召建立了"反直"同盟,浙江省长张载阳和督办卢永祥宣布反对贿选,拒绝接受贿选伪政府的命令。直系军阀陷于严重的孤立状态之中,内部也分崩离析。

日军侵占开封时期发行的明信片,图为马道街街景

1924年11月,曹锟下台,段祺瑞就任临时执政,组织参政院,计划召开善后会议,聘邵次公为善后会议议员和参政院参政。次公再度北上,出席善后会议。而会议议而难决,决而难行,故他对从政失却信心。旋奉命至奉天,与奉系军阀张作霖、杨宇霆等谈判,在沈阳、大连滞留数月无果,更坚定了他弃政从文的决心。当局拟任命为教育总长,次公谦辞不就。1925年7月,邵次公任临时参政院参政,后应北平大学聘请,担任北平大学教授;又应清史馆赵尔巽之请,协修《清史稿》"儒林·文苑传",间或为北平、天津诸报写稿,其所撰《梧

丘杂札》曾于《北平晨报》副刊连载。他又和洪汝闿、吴承仕、高步瀛等十余人组建思辨社。"社员"各有专长，考据、词章、版本、目录、书法无不精深，彼时已有著述行世者十居八九。1925年，邵次公还发表《征求续编〈四库全书〉意见启》，在全国范围内征求意见。

真名士，风雅光明磊落

　　1931年，邵次公受河南大学校长许心武邀请到河南大学任国文系主任，每月工资是300银圆，这在当时来说是教授中最高的待遇；另外允许他带两位助教，一个是陈兆年，一个是于伯龙。邵次公当时在全国名望很高，他的宅院天天贵客盈门，谈笑有鸿儒，往来无白丁，河南省各路贤达络绎不绝。学生来请教时，邵次公引经据典，滔滔不绝，学生都深为折服。邵不修边幅，给学生的印象是十分随意，常穿灰色的长衫，须发斑白，蓬松不整。

　　邵次公在河南开封组建了梁园吟社，在他的召唤下，这个社团聚集了一大批爱好诗词的文人。他曾为社刊题两首《绝句》："梁园风雅今能继，岳色河声起万喑。莫漫登坛拜何李，要知八代有遗音。""金梁桥外如霜月，又照诗人侧帽来，眼看瑶天下鸾鹤，清声历历夏王台。"他在为《朱守一主吟社编纂，为长歌代序》中写道："……香草见性情，美人喻栖泊。金梁多高人，诗怀常磊落。何不结社吟，因风传远铎……"在邵次公的主持下，在河南《民国日报》开辟一个半月刊的版面"庠声"，主要刊登河南大学国文系学生的课外作业，间或发一些外来的投稿。

　　戴耀法先生在《河南大学国文系回忆片断》一文中记载：他经常还对学生说，必须把《四库全书总目》提前看一遍，因为这套书把《四库全书》的内容作了简单的介绍……有一些概念，别人谈起了，自己也可以谈论一番。真正一个有学识的人，是不把《辞源》放在书桌上的，即使有也是藏在暗处，以免人家看见了可笑。他说要查典故，应以四大类书为本。他还说，教书不一定限制在一堂课上，一堂课同学们能听到多少东西，必须随时随地来问事决疑。他常常是刮风不上课、下雨不上课、身体不舒服不上课、瘾不过足不上课。他上课并没讲授他的课程内容，而是看见什么就天南海北大讲一通，"以炫耀其学术渊博，使学生摸不着头脑，而更加崇拜"。但是他抽鸦片烟，有些学生便在他的烟榻前承教。还有些同学经常留在他处谈笑，以致也染上了不良嗜好。最令人不能容忍的是他还常带着学生到"第四巷"穿梭烟花柳巷。

悉心授课的同时，邵瑞彭亦不遗余力地为"河大"延揽名师。他曾写信邀请自己昔时友人林公铎先生来河南大学任教。遗憾的是林公铎先生已应南京中央大学之聘，无缘于河南大学。

邵次公亦与开封名士靳志过从甚密。靳志（1877—1969），字仲云，他自幼读孔孟程朱书，以治国平天下，老安少怀为己任。"戊戌春官联捷。癸卯补廷试，分工部。"1904年考取商部引见记名章京。他曾以第一名考入北京大学堂仕学馆，后入法国北境工业专门学校及英国伦敦政治经济大学学习，留学期间加入中国同盟会。1912年回国后任大总统府秘书。1913年任驻荷兰使署秘书，后曾任驻比利时代办使事。1921年至1928年间任外交部佥事科科长，并曾任大总统府、执政府及大元帅府副礼官。后任国民政府外交部总务厅科长、总务司交际科科长等职。民国初年，靳志被北洋政府派往法国留学。后因通电反对袁世凯称帝，学费中断，险遭暗杀。幸亏陈世昌、袁乃宽从中斡旋，才幸免于难。靳志先生精诗文、工辞章、擅章草，曾获法国文学艺术佩绶奖章，有《居易斋诗存》等著作存世。邵次公与靳志二人在北京入寒山社之时即已结识。邵次公到开封后，适逢靳志归家，潜心著述，友情得以延续。他盛赞靳志说："古有龟堂，近樊山，并君而三。……君诗春温以平，廉折以清，虽处乱杂，而鲜哀历噍杀之音。盖其心与天游，襟抱独绝，故能挥斥众虑，弹压山川，所谓得性情之正者非欤？"两人同声相应之志趣，由此可见一斑。

在汴期间，邵次公还参与河南省图书馆的部分工作。1933年创刊的《河南图书馆馆刊》就由其负责组织稿源，并题写刊名。1934年，他参加省馆清理馆藏书版工作，还整理了《集韵》。1936年1月1日，河南正值一二·九运动的高潮时期，河南大学学生在邵次公、孙德中、胡石青等教授的资助下办起了《救国先锋》报，唤醒民众，宣传抗战。他曾坦言自己"遇事旷放，米盐之计，不复撄心；贫富之界，不曾挂口；浮萍泛梗，自适其天。虫唏禽唱，宁求声应？"

四大名旦：河南演出留余韵

河南地处中原，文化灿烂，历史悠久。20世纪，四大名旦曾多次来到河南，他们相貌倾城，其表情、做派细腻，特别吸引观众。他们一度活跃在河南的戏剧舞台，为中原戏迷留下了一段段佳话。多年之后那些老戏迷无不感叹四大名旦的表演，韵味悠长的京腔犹在耳边，历久弥新，丰富优美的身段还在眼前，令人神往。他们创造的京剧艺术，成为京剧旦角艺术的一座座丰碑。

在四大名旦的艺术表演上，梅兰芳雍容华贵大家风范，程砚秋举止端正幽咽委婉，荀慧生娇声荡气甜润柔媚，尚小云风姿飒爽明亮昂扬，各有特色。

四大名旦合影：梅兰芳（右二）、尚小云（左二）、程砚秋（左一）、荀慧生（右一）

据说，梨园界"通天教主"王瑶卿有一次跟人谈起四大名旦时说："梅兰芳就是一个'样'，程砚秋就是一个'唱'，荀慧生就是一个'浪'，尚小云倒是能文能武，就瞧他的了。"四大名旦都曾受王瑶卿教益，他一语道出他们各自艺术风格的差别。

梅兰芳雍容华贵

民国时开封是河南的省城，少年赵铮见识了不少梨园名角，但印象最深的还是梅兰芳在开封的演出。那一年赵铮7岁，亲眼看见了梅兰芳来开封的盛况，多年之后依然清晰地记得当时的情景。开封人民太热爱梅兰芳了，观众热情地自发到车站去迎接梅兰芳，车站广场全部是梅兰芳的"粉丝"，他们争相目睹大师风采。人实在太多，梅兰芳不得不用手扶住电线杆才不至于被潮涌的人群挤倒，最终梅兰芳坐上小汽车才安全离开车站广场。但是大姑娘、小媳妇、女学生却迟迟不肯走，她们一手拿小刀，一手拿小手绢，凡是梅兰芳扶过的电线杆，她们疯一样地去刮梅兰芳留下的印痕，不到中午，被梅兰芳接触过的电线杆大部分都被刮断了。

这一年是1934年，6月梅兰芳到开封义演。此时，常香玉的父亲正在密县一带跑高台，他听说梅兰芳在开封演出，竟然跑到开封看了几场戏。他认为"开封这一

梅兰芳在河南开封演出剧照

趟没有白跑，钱没白花，梅兰芳的玩意儿就是好，看人家的《游园惊梦》《天女散花》就像逛仙境一样，心都醉了"。

20世纪20年代末，河南遭逢严重的水、旱、蝗灾，当时旅居北平的河南同乡李时灿等人创建了旅平河南赈灾会。为此，京剧泰斗梅兰芳等人组织赈灾义演，以余叔岩和梅兰芳为主，压轴戏是二人合作的《游龙戏凤》。听北平人讲，余叔岩、梅兰芳二人除了义务演出外是互不配角的，因而这次义演票价很高，也很难买。这次赈灾募捐义务演出之所以能举办，原因在河南人陈锡九同余叔岩是多年好友，托余出面，约请梅兰芳等人。当时北平的著名京剧演员大都出场了。票价虽高，戏报一出便被抢购一空，这次义演为旅平河南赈灾会捐款2000多银圆。

1933年，黄河发生水灾，大水淹没长垣、滑县等地，之后便是大旱，大旱之后又遇蝗灾，作物绝收，"灾情奇重，民不聊生"。于是，在1934年的夏天，河南文坛名士郑剑西、周寒僧应省主席刘峙之命特地赶往上海，盛邀梅兰芳赴河南举行赈灾义演。郑剑西曾向"胡琴圣手"陈彦衡学京胡，拉得一手好琴，与梅兰芳、程砚秋等多有交情。正在上海的梅兰芳接到赈灾邀请后，立即应承来开封。当时的河南省主席刘峙便敦请郑剑西专程赴沪去接梅兰芳。

1934年6月21日上午8时许，河南赈灾游艺会全体会员在开封火车站接到了梅兰芳。随梅兰芳一同来到开封的还有演员王又宸、姜妙香、姚玉芙、刘连荣、朱桂芳、魏莲芳、陈月梅、李非书、王少亭、苗胜春、王凤岐以及琴师徐兰沅、王少卿，另外还有一位专门护送梅兰芳的徐拂生。

这是开封人民的一件盛事，那一天，从火车站到西大街梅兰芳下榻的党政军联欢社的十里长街都站满了热情的群众。梅兰芳乘坐刘峙的小汽车缓缓驶来，所到之处无不热闹异常，大家鼓掌欢迎，打出标语条幅欢迎梅兰芳的到来，气氛十分热烈。

6月21日下午，在党政军联欢社召开了梅兰芳记者招待会，梅兰芳介绍了他赴美演出的情况后，作了《戏剧与中州之关系》的主题发言，最后公推《河南民报》社长刘伯伦致答谢词。梅兰芳表示此次演出"愿尽义务，不收包银"，赢得了记者阵阵掌声。

梅兰芳虚怀若谷，从不恃才傲物，此行开封，遵从梨园界"行客拜坐客"的风俗，在正式演出前，除了对当地要员、记者的走访回拜外，对开封演艺界知名人士都做了拜访。梅兰芳来汴，先去拜访了旅汴江苏同乡会会长尤子松。尤住徐府街东头路北，是无锡人，与梅兰芳是江苏大同乡。接着梅兰芳又去三圣庙后街专访赵维诚，当时在场的还有郑剑西、赵维诚之子赵书年。梅与赵、郑叙旧，谈戏，又将从北平带来的3幅扇面题字后分别赠予赵维诚、郑剑西、赵维新，赠赵维诚的扇面画的是牡丹，上题"明允先生雅教，甲戌秋梅兰芳"。来不及登门拜访的，还借《河南民报》刊登启事声明"敬祈亮察"。据当时报刊记载，在开封走访回拜时，"梅所到之处，万人空巷围观，每至一家门首，市民隔窗相窥，人头累累然"。

当时有个不成文的规矩，不论哪个剧种、哪个戏班来到开封演出，都要去拜会老庙和戏剧公会诸理事。梅兰芳一到开封就在人民会场邀请老庙和戏剧公会诸理事喝茶。当时梆戏班参加茶话会的有：义成班会首李瑞云、杨金玉，天兴班张予林、"小火鞭"、公议班杨吉祥等共六位代表。梅先生会见大家时很客气地说道："我这次来河南进行慰问演出，可能在开封演出期间，你们三个戏班在经济上会受到损失。"又很坦率地说："我一来你们就卖不起票价了。"梅兰芳的演出轰动了整个河南，站票都卖一元二角大洋。梅兰芳先生说："你们三大班的全部开支，我包了，你们都报报每个戏班的开支吧。"六位代表听了梅兰芳这番话都很受感动，纷纷表示说："梅老板，你来河南慰问演出，这是对河南人民的关怀，我们三个戏班经济基础雄厚，一个月不演出，也有吃有花。我们只有一个要求，你来河南慰问演出是千载难逢的好机会，你的艺术，我省戏界都翘首盼望，但未能有机会欣赏与聆听，希望这次能让我们的演员观摩学习你的精妙艺术。"梅兰芳先生表示："三个班的同仁都可以来看。我的演出是义务性质，不收一分钱，连我的戏班的一切费用都由我个人开支，唱戏所有收入都归堵河工程部。我理解大家的心情，因此，每个戏班每天10张票，分批来看吧，大家都能见见面。"演出11天，梅兰芳赠送300多张戏票，戏剧公会组织各班演员轮流观看了这次演出。

"又一村"饭庄是汴垣"八大名餐厅"之一，康有为游学汴京，对其饭菜赞赏有加。所以梅兰芳在开封义演时，赈灾委员会会长杜扶东首选"又一村"的厨师为梅先生"落作"。听说是为梅先生做菜，老板便选派技艺高超的李春芳前往，李的手艺得到了梅先生的赞许。当时，开封各界人士争相宴请梅先生，而他对宴请仅是应酬，不等宴席结束便回住处，吃李春芳为他准备的饭菜。一次李春芳特意给梅兰芳做出了一道菜叫"炒桂花江干"，梅先生吃得非常开心，并问用鸡油炒制是否会更鲜？李春芳说，试试看。试后品尝，果然锦上添花，风味更佳。时人盛传：梅兰芳、李春芳"同台"献艺；艺术家、烹调师"芳名"流传。

著名京剧艺术大师梅兰芳先生首次来开封献艺，轰动全城，一时之间，吸引了河南省内乃至周边省份的票友戏迷们争相前来观看，造成交通拥挤，当局不得不临时增加客运班次，以解燃眉之急。梅兰芳来开封之前，当时开封市内的报纸都提前刊发消息，3天演出的票都被抢购一空，剧场只好"星夜派工，加修座位"。

梅兰芳的演出"轰动开封全城民众，竟有人借债购票往观。人民会场前人山人海，仰首翘足，争看梅郎下装之仪容，颇极一时之盛"。梅兰芳扮相清秀俊美，唱腔典雅，吐字清晰，声音洪亮；表演端庄大方，古朴典雅，舞姿洗练，武功娴熟，昆乱不挡（意思是文戏和武戏都能演）。他的精彩表演给开封人民留下了十分深刻的印象。

梅兰芳更是恪守诺言，除将演出收入的六万余元捐赠灾民外，还将最后一场与王又宸合作演出《四郎探母》的全部收入捐赠给开封京剧界的穷苦艺员，其大师风范至今令人景仰。

程砚秋典雅娴静

1935年6月12日，程砚秋率戏社40余人来到河南开封，正式演出从17日开始，前期主要是拜访开封城名流和政要以及新闻媒体。他带有俞振飞、侯喜瑞、王少楼等，主演了《风尘三侠》《孔雀东南飞》《贩马计》《奇双会》等剧，票价分三元、二元、一元、五角四种。

程砚秋给开封带来了正宗的程派艺术，第一天演出就久久不能谢幕，开封观众热情好客与对京剧的执着追求令他感动。当时河南省主席刘峙想请程砚秋为河南演两天义务戏，因广智院经理梁子恪已经与程砚秋订立了合同，特别强调："只准演三天；不准演义务戏；不播音。"程砚秋心系豫省灾民，真心想赈灾义演，奈何"梁对程演义务戏为影响该院发财百般阻挠，对程颇有失礼之处"。此事气得程砚秋离开广智院安排的住处，改搬到中国旅行社招待所寄宿。

6月18日，广智院在《河南民报》刊登戏报，宣称当晚程砚秋要为开封人民演出《牧羊卷》，此为程剧重头戏，精彩异常。全城轰动，盛况空前，街头巷尾无人不谈程砚秋，戏票很快告罄，很多没买到票的戏迷只得在戏院外徘徊。《牧羊卷》又名《朱痕记》，描写唐代西凉节度使黄龙叛乱，朱春登代叔父从军，由他婶母的内侄宋成做伴同行。宋成想谋占朱家财产，又垂涎朱的妻子赵锦棠。他在途中谋害朱春登未成，回来就谎报春登战死。朱春登从军有功，衣锦还乡，他的母亲和妻子已被婶母赶入山中牧羊，但朱婶却说她们已死。春登哭祭，并搭棚舍饭七天，代作功德。朱母和赵锦棠前来讨饭。朱母失手打碎饭碗，惊动春登，便唤锦棠进棚问话。锦棠手上有一朱痕，被朱认出，夫妻、母子得以重逢。朱婶羞于见人而自尽。这个戏一般只演后半部分，祭奠时老生有一段动听的反二黄唱腔，程砚秋曾加以改编，演唱全部。在开封唱至"推磨""牧羊""席棚相认"等场时，程砚秋的唱腔委婉细腻，低回、婉转、感情丰富，低则像涓涓流水，若断若续，如泣如诉，催人泪下；高则像行云流水，给人舒适亢奋之感。现场观众追随程

程砚秋

砚秋的其唱腔和表演一会儿感动得泪水婆娑，一会儿激动得掌声雷动，叫好不断。

在开封，程砚秋扮演的角色典雅娴静，如霜天白菊，有一种清峻之美，无论眼神、身段、步法、指法、水袖、剑术等方面都使河南观众欣喜若狂。多年之后，很多人提起此事仍是赞不绝口。

荀慧生娇柔百媚

王瑶卿曾将荀慧生的表演艺术特点概括为一个"浪"字。这个"浪"并非"放荡"，在北方人看来，"浪"字是个褒义词，是一种美，是"青春、亮丽、风采"的象征。具体到"荀派"花旦表演艺术来说，其深刻的内涵就是指荀慧生所提倡的"美、媚、脆"："媚"即"妩媚"，是对表演动作、体态、眼神的要求；"脆"乃"脆亮"，是对唱、念音色的要求；而最终舞台的总体呈现则要集中体现"美"，给人以审美的享受和愉悦。

荀慧生祖籍河南洛阳，祖上曾做过河北省东光县县令，后全家移居河北定居东光县。1917年出科，拜王瑶卿为师学习京剧青衣。1925年，从与余叔岩合演《打渔杀家》起，改名荀慧生。继1934年梅兰芳来开封演出后，荀慧生也在开封醒豫舞台表演了拿手剧目《金玉奴》。《金玉奴》老名叫《鸿鸾禧》，其中有鸿鸾星照命、婚姻天定等情节。荀慧生当初演这出戏的时候，把这些迷信情节删去，改名《金玉奴》。在河南开封演出的时候，全场爆满，荀慧生在舞台上，把金玉奴刻画得惟妙惟肖。一个男子扮演一个女子迈着潇洒飘逸的台步，翘着兰花指，娇柔嗲气的满口京白，甜美圆润的唱腔，无不充满女性的娇媚，一颦一笑都体现出一种艺术美感。随着剧情的发展，金玉奴这个角色由喜转悲，荀慧生仿佛像换了个人似的，念白由京白转换成韵白，唱腔也由喜庆变成了悲情。红颜薄命的金玉奴被荀慧生炉火纯青的表演艺术立体呈现在舞台上，震惊了河南观众。

两年后，他再带他的"荀慧生京剧团"又到开封演出，这一次他表演的是拿手好戏《红娘》。1936年，他创编了《红娘》剧本，同年10月22日首演于北京。荀慧生饰红娘，何佩华饰崔莺莺，高维廉饰张君瑞，演出获得成功。此后数十年，经过不断修改、加工、完善和提高，《红娘》已成为"荀派"最具代表性的经典的剧目，盛演不衰。这一次，由于开封戏迷对豫剧版的"西厢"非常熟悉，荀慧生经受了巨大的考验。他一出场就光彩照人、满台生辉。他的表演身段动作变化多姿，眼神丰富多彩，身体的一举一动、面部的一颦一笑、手部的一指一抬、眼眸的一眯一看、嘴巴的一张一合都具有鲜明的节奏，都有具体的表达

荀慧生扮演十三妹剧照

指向。喜怒哀乐的每一个表情、言谈举止的每一个动作无不闪现女性的妩媚、动人、可爱。剧场内笑声不断，掌声四起。

1955年11月1日，荀慧生带领京剧团到郑州演出《红娘》《勘玉钏》《失空斩》等荀派经典剧目。

尚小云以武会友

尚小云幼学武生，武工最好，又仰慕国剧宗师、武生泰斗杨小楼的艺术，曾以杨为师。后改工旦角，创"尚派"艺术。在四大名旦中，他武工最扎实，能打能翻。他，舞台上是神采奕奕、魅力四射的绝代名旦；他，舞台下是刚正耿直、勇敢英武的血性男子；他的剧目，直面人世的悲苦，从不媚俗。

1933年夏天，尚小云首次来到河南开封演戏。初到开封他就拜访了本地武术界各门派名流，并礼请众家与他同台表演。

首场演出之日，各门派拳师齐聚广智院（即后来的人民会场），开封戏

迷都很渴望一睹名家风采。尚小云建议先练武，后演戏，于是各门派拳师竞献技艺，舞台上热闹非凡，特别是"培英武术学社"的名拳师鲍忠功、杨金贵的表演使尚小云击掌叫绝。他们精彩的武术表演使尚小云沉浸其中。他不但眼见武术技击之奥妙，而且还能通过武术的动作美、形体美、意念美仔细观察其身姿、动态、节奏和神韵，想化之于戏中。冥想间，只见杨金贵突然一刀向对方脖子抹过去，惊险万状；而鲍忠功一个低头躲过，两人一起握住刀柄收势。顿时，台下喊声四起，要求再来一遍。这时尚小云急忙跑至后台取来两听铁筒"哈德门"牌香烟，让给二位拳师。他想琢磨里面的动作要领，也想满足观众的热烈情绪，说："烦请二位辛苦再表演一遍。"他宁可推迟演戏也不愿扫观众的兴，此举给古城戏迷留下了深刻印象。

1934年10月，尚小云带着新编剧《空谷香》再次来到开封演出，地点在相国寺西吹古台街醒豫舞台。尚小云的新编剧给开封人民带来耳目一新的感觉。

1936年5月，尚小云应邀再次到广智院演出，原计划13日开始，因故停演3天，5月17日才开始演出。那时尚小云偶感风寒，他便趁空闲时间拜访开封各界名流。那一年，尚小云38岁，带70余人来开封演出，住河南旅社。在接受当时《河南民报》记者采访时，尚小云说："四大名旦梅可谓具有全才，荀、程各有特长。中国旧剧富有贵族意味，技术上主张复古，但是含义必须求新，票价求平民化，较他人低廉。有必要提倡话剧。至于在汴（开封）减低票价为平生素志，演义务戏本人愿意……"他在开封主演剧目有《摩登伽女》《峨眉剑》《汉明妃》等戏，

尚小云

开封赵维诚与京剧大师尚小云
（左一）

开封观众强烈要求他续演几天。

尚小云在开封演出期间，还到位于开封市南土街路西国货商场的丙子剧社和全体社员联欢并合影留念，并将亲笔画的花卉立轴赠给该社。尚派艺术歌舞兼长，声情并茂，刚劲挺拔，洒脱大方。尚小云的演唱音亮气足、刚健挺拔，曲调创新、自有妙处，善于应变、唱腔独到，刚劲中蕴柔美、朴实中显含蓄，有"浑厚峭险、满纸烟云"的风格特色。

风 情

一座古城留下的不仅仅是建筑，还有人文风情。市井文化是这座城市的灵魂，无论是《清明上河图》还是《东京梦华录》，宋人笔记总是给我们呈现曾经的风韵。民国以来，开封市井江湖更是热闹纷呈……

徐本善：武当宗师美名传

徐本善（1860—1932年），号伟樵，道号乾乙真人，开封市杞县人。他聪慧过人，自幼在县里学习儒家经典，四书五经无所不通。稍长，又在家乡研习于医术和拳法。少年时代随父朝拜武当山时，他便被武当山气象万千的景色和金碧辉煌的建筑所吸引，更令他心向往之的是武当精湛绝世的拳术，当时他便起弃世出家之念。20岁那一年，徐本善只身出游，在武当山出家后又在南阳玄妙观受三坛大戒，在武当山拜紫霄宫龙门正宗监院王复邈为师。后以武当龙门派正宗第十五代弟子身份选送北京白云观混元宗坛深造。回武当山后，他历经艰辛，振兴武当道教，遂成一代宗师。他支持革命，与贺龙相识相知，成就一段佳话。

武功卓越名震遐迩

徐本善在武当山随师诵经。他过目不忘，记忆力极强，被师兄弟们视为奇才。他为人刚正不阿、性情忠厚、极为义气，加上他博闻强识、谦虚好学，深得众师宠爱。徐本善出家后，潜心修炼，济贫扶困，颇得道家真谛。众师长经过长期考察，开始秘密传授其武当功法。明了真人特别偏爱他，把他纳为关门弟子，授之以武当内功及武当拳械等。武当一派在授技时极为严谨，数年间竟无人知其已经身怀绝技。明了真人为了培养徐本善，对其要求甚严，令徐本善一生"不得与宴，不准亲近女色"。并告诫弟子曰："武术者，击技之术也；武术者，苦术也。"徐本善从师学艺十数载，习得上乘武功。他终年闻鸡起舞修道练功，晚上燃香计时夜行山路。在师父的指导下，徐本善在道观苦练独木桩、九宫桩等功法，在山崖苦练飞檐功、内丹功。徐本善将双臂套入数十枚铁环，甩臂即中目标，铁环功成为一绝。

1909年年初，到武当山朝山的香客络绎不绝，每天数以万计。一天，均州器川香客会众200余人，无故在紫霄宫的后院"十方丈"内滋事。当时徐本善为了扩建道观，在"十方丈"内备齐大批木料。徐本善想息事宁人，但是闹事头目自恃手下60多人精通拳脚，蛮横无理，出言不逊。先是知客道人出面化解，后是监院又来劝说，哪知歪风不息，邪气反而上升。徐本善见状，就亲自前往交涉。闹事者不愿言和，欲以武力相见。徐本善规劝再三，他们还是胡搅蛮缠，徐本善说声"好！"跳出圈外，大喝一声："谁敢上来！"接着便在宫中将那5米长的梁木舞了起来，如戏耍拨火棍一样轻灵。那闹事者哪见过如此武功，遂作鸟兽散。从此，武当道众及邻近百姓才知道徐本善武功高强，遂得"徐武侠""徐大侠"的美誉。

执掌武当深受称颂

武当山原有古神道，因年久失修，香客进山常有失足丧生或致残事故发生。清光绪十五年（1889年），徐本善领命为监工，兴修武当山神道。身为监工，徐本善却不避劳苦，与民工打成一片，出力流汗，深受爱戴。襄阳府道尹熊斌对其十分赏识，新路竣工后，徐本善被襄阳道尹任命为武当山全山道总。

身为道总，徐本善更是奋发砥砺，志存高远。他要求全山道人为修缮武当道观而克勤克俭，并严格恪守道之清规，按榜律戒条办事。同时他又求贤若渴，任人唯贤。自己以身作则，赏罚分明，使武当山道风为之一新。他率道众垦荒种田自养，并四方募缘，集资维修宫观及山间石板路，使武当道教展现振兴气象。徐本善在兴修宫殿的同时还举办慈善事业，荒年开仓赈饥，年关赠送年货，施药济人，舍棺殓尸，深受世人称颂。

支持革命帮助贺龙

1931年春，贺龙率红三军撤离洪湖苏区，向鄂西北进行战略转移，经郧阳进入武当山。徐本善率道众50余人至紫霄宫东天门迎接红军，腾出"西宫"作为红军医院，并妥善安排贺龙住宿。当时红军伤员很多，徐本善派道士协助医治伤员，满足伤员所需一切物资。贺龙军长了解到徐本善秉性豪爽又有一身武功，顿觉相见恨晚，于是结为忘年之交。

有一天，红三军司令部得到情报，国民党第五十一师将从汉江老河口处运送三船军火到郧阳。贺龙马上派两支小分队直奔老河口，打算劫军火。徐本善知道了这一消息，主动请缨，带数位武功高强的徒弟星夜下山，与红军小分队会合，得知船只已经航行，于是他们决定见机行事，追赶船只。在押运军火防范甚严的情况下，徐本善许诺高价渡河，押船的敌长官见钱眼开，就令船只靠岸。敌兵贪财心急，不等徐本善在船上站稳，马上就围上来抢钱袋和搜身，却被道士打倒。隐藏在岸上的红军小分队立即登船俘虏敌兵，截获三船军火，补充了红军的弹药。贺龙深为徐本善及道众的无私帮助所感动，想拜徐本善为师，习练武当拳法。徐本善告诉贺龙道："武当拳极讲内功，非短时可以练出。它主要用来防身延年，师传很严。将军执意要学，贫道只好向你献丑。"贺龙欲行拜师礼，徐本善坚决不受。

临别时，贺龙赠给道观20两黄金，作为修缮武当宫观之资，并以徐本善道号"伟樵"二字，亲自书写一副藏头对联给他，联曰："伟人东来气尽紫，樵歌西去云腾霄。"

红三军大部队当年7月间离开了武当山，但将500多名伤病员留在了山里。徐本善道总亲率道众上山采药，煎熬汤剂，精心治疗护理，待伤病员康复后又护送他们寻找红军归队。

红军赠送黄金一事被国民党第五十一师营长马老七得知，他派兵持枪威胁徐本善交出黄金，徐义正词严，字字掷地有声地说："黄金是有，就是不给！"匪徒欲下毒手，已逾古稀的徐本善见状飞起一脚踢倒石栏，随即将几百公斤重的望柱操起，向前掷出好远。众人面如土色，仓皇逃窜。马老七不死心，数日后又布置8名士兵埋伏于紫霄宫外的万松亭伏击徐本善。徐本善背后中枪，倒在了血泊之中。

孙霁虹：铁腿卷起武林风

孙霁虹，名凌宇，字鞠晨，开封市人，生于1887年，自幼习武。1901年经长兄孙正宇引见，他拜河南巡抚的保镖武师米全忠为师，学得气功、弹腿、查拳、炮拳、四趟拳以及刀枪棍剑、对打套路。3年后，米全忠随巡抚工作调动离开了开封。1904年，孙霁虹又拜开封名师仇玉书为师，学习少林拳法。仇玉书乃朱仙镇仇店人，曾是清末武举，武功十分高强，以提步蹬空、墙上挂画、铁扫寻腿之技享誉中原武林，著有《武备纪略》。仇店黉学屋门上悬有"培英"匾一块，授徒时，学文者以文为主，习武者以武为主，文武皆教。他主张"广结善缘、有教无类、以德施教、培英为本"。孙霁虹跟随仇玉书习武甚是刻苦。不分昼夜，无论寒暑，他都睡一大板凳，板凳短而硬，即使身体疲劳也难以久眠，而他一醒来就开始练武。如此三年苦练，他深得仇玉书真传，成为仇玉书门下弟子中的佼佼者，特别是他的腿功甚是厉害，上踢人头下踢腿，还能腾空飞腿。江湖人以"铁腿孙霁虹"誉之。

1911年，24岁的孙霁虹已经在江湖上颇有威名，来比武者络绎不绝。开封市有一位卖胡辣汤的，名叫申天福。此人长得膀大腰圆、力气过人，肩挑400斤东西比空手的人走得还快。但是这家伙性情暴烈，无人敢惹，连辖区的警察都让他三分，谁家的小孩儿要是哭闹，大人一句"申天福来了"，小孩儿立马闭嘴不吭。那一年申天福20岁左右，正是血气方刚之时，早就听说过孙霁虹的大名，一直未得见。一日在慈善街与孙霁虹相遇，申天福便直呼其名，说："听说你会武，来来，咱俩较量较量，你胜我，我给你磕头并拜你为师。"孙霁虹不想招惹是非，便抱拳致意不想与其交手。申天福见状越发蛮横，当街阻拦不放。市民围观众多，申天福越发纠缠。不得已，孙霁虹只得出招，只一个卧牛腿，就把申天福踢出两米多远，一头栽地，满面通红。申天福也是爽快，起来就磕了3个响头，一口一个"师父"，说师父果然名不虚传，不收我这个徒弟就跪在地上不起来。于是申天福就成了孙霁虹的开门徒。

孙霁虹一招制服申天福的消息在开封不胫而走，慕名求学者众多。

1906年，孙霁虹的师父仇玉书在开封州桥庙创办培英武术学屋，收徒授艺。孙霁虹的同门黄万年在南关、白光昌、宋天良在中牟县，陈水清、范长海在尉氏县陆续办起培英武术学屋，弘扬少林武功。于是孙霁虹就以无梁庵街家中的三间房作为教学地点，起名为"无梁庵街学屋"，学武者有30多人。而且随着影响不断扩大，人数也越来越多。当时开封还有其他师兄弟开办的"北泰山庙门慈云庵学屋""北西后街学屋""豆芽街学屋"等7个学屋。为了便于统一管理各个学屋，1914年孙霁虹便组建了"培英武术学社"。

参加习武者多是贩夫走卒、工商个体和手工业者，具体讲授由孙霁虹早期弟子负责，他轮流到各学屋巡回辅导，亲传技艺。孙霁虹教授武术不是为了钱财，而是为了弘扬中华武术。培英武术社学员众多，都是利用晚上业余时间以庙宇寺院为场地进行武术教学和锻炼。学员不交学费，每人每晚只收两个铜板的灯油费和茶水费，所收费用全用于购买茶水、灯油和器械。每年夏季，他便召集众弟子聚会，举行单人、双人、徒手、器械观摩练功比赛。孙霁虹注重学员的武德教育，学社规定四不准："不准打架、不准欺侮人、不准串妓院、不准赌博。"学员中有人打架抄家伙，回来后被打50棍白蜡杆，另一学员因参加聚赌被逐出师门。

孙霁虹善取诸家之长融会贯通。1920年，孙霁虹曾和温县陈家沟太极名师陈金鳌切磋武艺，陈以《陈氏太极秘本》相赠，孙以《弹腿要义》回赠。1922年，密县人张会同慕名来访，二人切磋技艺，遂成知交。张会同乃苌家拳传人，遂将苌氏武功教给孙霁虹，同时向孙霁虹讨教查拳。其后，孙霁虹在"培英武术学社"内传授苌家拳，其内容包括青龙出海拳、黑虎拳、罗汉拳、猿猴棒等。

1918年起，孙霁虹受聘河南留学欧美预备学校，后在河南大学长期任武术教员，直至1937年病故。"培英武术学社"对开封的武术活动普及发挥了巨大的作用，流传下来的各种拳术、器械套路有50多套。孙霁虹教过的弟子有上千人，知名者有卜文德、聂增永、魏海亮、鲍忠功、杨金贵、张守静等人。

卜文德：德艺双馨的武术大师

卜文德，中国武术协会委员、河南省武术协会委员，曾任河南省武术协会教练委员会主任，系"国际武术九段范士"、国家一级武术裁判。他精通多种拳械，擅长罗汉拳、六合刀、金丝枪、白猿棍、乾坤剑、八卦掌、子午鸳鸯钺等著名拳术套路。1995年，他被授予"中华武林百杰"荣誉称号。

1919年，卜文德出生于开封，他自幼家贫，靠扫盐土、淋盐碱为生。8岁开始习武，当时练武术最大的愿望就是能够强身健体，因为只有身体壮实了才能有力气多干活，挣了钱吃饱肚子。16岁的时候，他正式到开封培英武术学社拜著名拳师"铁腿"孙霁虹为师学习武术。开封培英武术学社创办于1914年，孙霁虹1918年受聘于河南留学欧美预备学校。卜文德勤奋刻苦，深得师父真传，几年工夫练就一身超群的少林武功。1937年，孙霁虹去世。1938年，开封沦陷。日本人一来，培英武术学社几处教学点相继停止活动。卜文德和聂增永仍以培英武术学社的名义教授徒弟，活跃在文昌后街一带。在抗日战争时期，卜文德曾经为救中国妇女痛打日本鬼子和汉奸的传奇事迹在当时的开封非常振奋人心，一直被传为美谈。1945年，他参加河南省武术竞演大会获奖旗一对。

1953年春，卜文德在新中国社会主义建设的召唤下，离别开封，去郑州加入建筑公司，开始了粗犷而又豪迈的脚手架生涯。一个偶然的机会，卜文德途经郑州市体育场门前，见里边正进行武术选拔赛。他看了阵子，心里痒痒的，便找到裁判长，请求报名参加。裁判长听他说来自武术之乡开封，满口应允。卜文德就地借了器械，即兴表演了"六合刀"，那精湛的武技、苍劲沉雄的功底，技惊四座。在与聂增永练起对打时，单见刀光剑影，一如流星与闪电交锋，现场数千名观众一致叫好。裁判长当即宣布，录取二人为郑州市武术代表队队员。卜文德如一匹"黑马"迅速由市队打入省队，又从省队"杀"入中南区代表队。

1953年9月下旬，他与聂增永等六人组成河南代表队，参加在天津举行的全国第一届民族形式体育表演竞赛大会。卜文德、聂增永二人表演的"朴刀进枪"被评为优秀对打项目。在比赛现场，两位从开封走出的武林高手一个朴刀闪闪，一个长枪在握。卜文德用刀，聂增永使枪，架势一拉开，聂的银枪"噗"地刺去，卜眼疾手快，用朴刀"当"地把枪拨向一边，旋即一个转身"嗖"地一刀向对方劈去。聂用枪架起刀，紧接着连刺三枪，都被卜一一挡住。二人"拼杀"起来，只见刀光闪闪如雪片般上下翻飞；长枪嗖嗖似蛟龙般快似闪电。顿时，刀枪撞击、火星四溅，观众目不暇接，惊心动魄的鏖战赢得观众一致喝彩，全场鼎沸，掌声雷动。郭沫若亲自为他们颁发了优胜奖，他们为河南赢来了第一块武术金牌。卜文德、聂增永于当年9月26日来到首都北京，第二天接到国家体委的通知说有重要的表演任务。午饭后，他们乘坐大轿车驶进了中南海怀仁堂为中央领导作汇报表演，表演的"朴刀进枪"。表演结束后，他们获得了毛泽东、刘少奇、周恩来、朱德等国家领导人的好评与亲切接见。卜文德异常激动，眼泪模糊了双眼，从此练武更加勤奋努力。他继全国第一届民族形式体育表演竞赛大会后，四次荣获河南省武术比赛第一名，两次荣获全国武术观摩交流大会优秀奖，并与1958年被选为全国武协四届委员、二届顾问委员。

在武场上，他战功赫赫，在单位，他同样兢兢业业，年年被评为先进工作者。1980年，卜文德从建筑公司退休后参加在太原举办的全国武术观摩交流大会，获金牌奖。

1985年2月，日本京都武馆纪念建馆20周年，卜文德随中国武术代表团赴日本访问。2月7日，日本东京豪华的京都武道馆内座无虚席，群情激奋，不时爆发出阵阵热烈的掌声。红毡上鹤发童颜、精神矍铄的卜文德轻舒猿臂，从容不迫，操刀演练。但见他动若闪电，静若山岳，跃起如猛虎掠食，缓步似行云流水。一招一式，捻熟自如，丝丝相扣，功底之深，令日本武术界叹为观止。他的精彩表演被日本武术爱好者记住，20多年后，在2008年春天，8名日本人慕名而来，专程来河南找到卜文德学习如意拐杖。

1991年，卜文德参加中国首届郑州国际少林武术节，勇夺八卦掌、子午鸳鸯钺两枚金牌。2004年、

卜文德

2006年他参加首届和第二届世界传统武术节，获八卦掌、剑术各两枚金牌。

2003年"非典"时期，卜文德在郑州金水河畔打起"全民抗击非典，义务传授中华传统武术"的旗号，他一个一个动作，分别对几十位学习者进行耐心而细致的讲评指导。

春蚕到死丝方尽，蜡烛燃身照旁人。2003年5月，卜文德发起成立了"中国·郑州华英武术俱乐部"，并出任法人代表和总教头。该俱乐部的宗旨是开展群众性的武术习练教授工作，挖掘整理传统武术文献，培养优秀人才。

2011年4月11日，德艺双馨的卜文德在郑州安详辞世。

步章五：江湖夜雨十年灯

步翔棻，字章五，以字名于世，开封市杞县步大楼村人，号翰青，自号杞人、林屋山人。他自幼聪慧，学业出众，参加童子科考试全县第一；后来到开封信陵书院和明道书院学习，因诗文功底深厚，受到师长的器重。步翔棻乃光绪丁酉科（1897）拔贡，与开封靳志、孟津许鼎臣并称为"中州三杰"。光绪二十九年（1903），他考中顺天府乡试第十二名举人。此人不但精诗文，而且通艺术，当过袁世凯总统府的秘书，与民国四公子之一的袁克文还是金兰之交。步翔棻的一生充满了传奇……

后排戴墨镜者为步章五

"老杜老步"文章千古

从甲午战争签订《马关条约》起，到九一八事变后的30余年间，步翔棻一直以诗歌、民谣、短评、答客问等多种形式痛斥清政府丧权辱国、民国初军阀混战、蒋政权奴颜婢膝，呼吁当局尊重民心，团结一心抵御劲敌，并写下了许多激昂悲壮的名篇。甲午之战，以李鸿章为首的主和派把台湾割给日本，出卖国家主权。他借用时人悼念京剧名丑杨三所作挽联"杨三死后无昆丑，李二先生是汉奸"痛骂卖国贼，直指李鸿章。

后来袁世凯在小站练兵，他应聘任北洋书局总纂督练处总文案、北洋军管学校文衡等职，后又以知县官阶分配到直隶省藩、臬两司任文案兼统计处事宜及房山高线铁路会办。民国元年（1912），袁世凯在北京正式就任大总统，步翔棻为总统府秘监、清史馆协修，与袁次子袁克文（寒云）结为金兰之好。克文视他为同胞，亲书"无著天亲"相赠，乃取自王维诗句"无著天亲弟与兄"。步翔棻与袁克文和北京的一帮文坛名流和遗老遗少厮混，整日寄情戏曲、诗词、翰墨，常设豪宴于北海。他与易顺鼎、何震彝、闵尔昌、梁鸿志、黄濬、罗瘿公结成诗社，常聚会于袁克文居处之南的流水音，赋诗弄弦，你唱我和。世人称他们为"寒庐七子"。

步翔棻说："作诗声必谐，韵必稳，意必新，语浅情深音长节短方为佳作。"说起步翔棻的诗，得从他少年时代说起。步翔棻颇有天赋，家中乃耕读传家，从小受到濡染，喜欢司马迁和韩愈的文章，常随身携带杜甫的诗句，每会意必欣然忘食。后来，他广泛阅读百家书卷万千，经历人世艰辛，步伐丈量各地，见过大世面，书本与实践相结合，胸怀天下，而诗文则自成一家。他自己曾言，弱冠前学李白，中年学杜甫，后来上自魏晋、下自晚清，博览群书。他写诗，长诗需要数日成，短诗也许两三天，三易其稿之后才稍满意。时人称其为"一代诗人""老杜老步"，把他和杜甫相提并论。

不为良相为良医

后来袁世凯开始谋划称帝，步翔棻极力劝阻。1916年，袁氏称帝，他愤然辞职，寓居上海贝勒路（今黄陂南路）天台山农（刘介玉）家，开诊行医。袁寒云、吴昌硕等人还为他登报推广，说步翔棻道德文章，为世景仰，公务之暇，"辄好治仲景思邈遗书，研思殚精，意与古会，戚友有疑难症，群医佥束手，得山人诊，无不霍然"。最经典的事例是当年他在袁世凯总统府任秘书的时候，袁世凯家中的一个女家庭教师周道如女士腹泻不止、高烧不退，众多医官皆束手无策。于是步翔棻便请试治之，他施以黄连、黄柏两味中药，竟然治好。袁世凯的夫人十分欣喜，适逢冯国璋"断弦"，于是就命袁克文做媒，冯国璋和周道如喜结良缘。步翔棻精于医术之名不胫而走。步翔棻于1921年在上海公开应诊，济世救人，多有奇效。他曾在保定军校任教，他的学生中许多人当时已位居将帅，每年都给他寄来大量汇款以示敬意，他从未向任何人回信，并将所寄之钱随手散给穷人。

名士风流疾恶如仇

郑逸梅在《艺林散叶续编》记载了一件步翔棻的轶事，说步翔棻喜捧角，"女伶拜之为义父者，先后凡百人。时大世界剧场，有潘雪艳者，姚冶多姿，演艺又绝佳胜，步称赏之。常邀朱古微、况蕙风、吴昌硕辈，顾曲为乐……"1930年，他的义女、名演员曹艳秋在台湾演出时，他特地寄诗一首："版籍殊方俗，衣冠祖国风。何时罢歌舞，一吊郑成功。"表达了他对台湾人民的深切怀念和盼望台湾早日回归的爱国之情。

他和伊峻斋是朋友，伊峻斋以汉隶闻名于世。天台山农（刘介玉）辞世，其外甥朱大可托步翔棻转求伊峻斋在天台山农遗像上写一题签。天台山农生前和伊峻斋颇有交情，步翔棻觉得这根本就不算事儿，谁知道伊峻斋书就，索润格费10元。这一做法令步翔棻很不以为然，即撰一像赞大加讥讽："……伊老之字，尚属易致，充其昂价，十元纸币。戋戋之数，作我赙仪。题名用买，大奇大奇，吾言至此，惟有挥涕，心力稍强，终必详记。"

步翔棻刚到上海的时候，应好友之邀，不断为《晶报》和《心声杂志》撰稿，到1921年时又自行创办《大报》。该报为三日刊的小型报纸，其宗旨是发扬清议，端正是非，移风易俗。步翔棻投身《大报》十多年，刊发时评针砭时弊，每期一出版就万纸风行。步翔棻亲自把关稿子，报纸的篇幅虽小，却与大型报纸没有区别。

他嗜酒成癖，非白兰地不饮。他有众多女弟子，"虽处粉黛阵中，然绝庄重不苟，这是很难得的。"他生活很随便，书桌上面书册杂物堆积如山，从不整理。他的义女过去探望的时候便代为收拾，但没有多久又杂乱如故。有一年的除夕，他经济拮据，正发愁何处筹钱的时候，不料义女为他清洁大扫除之时，在写字台的乱纸堆中翻得银圆和纸币百余金，原来他得款后随置案头，为书册所掩，竟然忘记。

1932年他寄诗给曾和他一起在小站随袁世凯练兵的李应谦中将，劝他"转战入东洋"，把日军赶出国境。步翔棻曾在《山人醉语》一文中写道："奴隶俳优，世人所鄙，食力作苦，何鄙之有？若夫执政奸政，执法枉法，文也舞弊，武出黩武，虽居权贵，吾亦谓之下流矣！"晚年他困居上海，中风卧

1933年参加步章五追悼会上的河南党政军要员合影

床，濒于病殁之际，目睹祖国大好河山沦入敌手，乃愤然写下："有来袭，无反攻，安怪敌虏日汹汹！有退守，无进占，安怪边境为敌陷，……塞上屯兵三十万，风吹不度受降城。"严词斥责蒋介石的不抵抗主义，并呼吁停止内战，派兵应敌。

1933年7月步翔棻病逝上海，葬在故乡杞县步大楼村。他著有《林屋山人集》十三卷收录诗文861篇，《南游诗草》一卷，以及医书《林屋山人外科验方》等。

岳良臣：救死扶伤理发师

在开封理发业中，有一个声名远播的"医疗室"，它就是在大名鼎鼎的岳良臣先生的中医诊室。该诊室20世纪80年代设在北书店街81号——新时代理发店的二楼。

岳良臣，1908年出生于河南省滑县一个贫苦之家。14岁时，他离开家乡到当时的省城开封投奔"中华堂"店主萧长荣学习理发技艺。萧长荣是开封理发业罗祖庙会的十大会首之一。当时理发行业内部分湖北派、安徽帮、镇江帮、大梁帮，萧长荣所属大梁帮为本地帮，以滑县、长垣、封丘一带人为主，虽形成较晚，却占地利人和，人数多、势力大，帮中人物逐渐掌管了开封理发业的行业统治权。

清末民初的理发场景

岳良臣天资聪颖，勤奋好学，颇得萧长荣赏识，便推荐他随"一毛"学习理发"武活"。"一毛"是清朝末年开封理发行业的"武活"高手。过去，理发师往往要掌握一些捏骨推拿之类的技艺。"武活"源于清朝顺治年间，清廷颁布剃发令，汉人不满，初时皆不愿意剃发，多被杀戮。后来，皆装病拒之。清廷令郎中随理发匠人出行，遇有"病"者，先行医后剃发。久之，理发匠人也掌握了不用药物的医疗法，如推、拿、按、摩等舒血活筋的医疗方法。更有人潜心钻研，技艺高超，像落枕、头痛、崴脚、关节错位、下巴脱臼以及一般性骨折都是不在话下。开封民间素有"凡筋骨伤，良医理发匠"的说法。

岳良臣学成出师后，不但熟练掌握了洗、刮、吹等理发技艺，推拿按摩技艺也甚为精湛。当时还大多使用推子剃头，他使用剪刀剪成的平头、大背头十分受欢迎。理发结束，岳良臣便按客人要求为其"点晕"，客人瞬间"昏迷"，醒来即精神焕发、全身舒坦。有客人要求岳良臣按摩，他便在客人颈肩部位敲打一阵，达到松弛筋骨的效果。门前过路的丐帮弟子每见此情景便唱起了"莲花落"："起身打顿五花锤犯王法，理完发老师儿打一顿把钱抓……"岳良臣手脚麻利，言语风趣，技艺高超，很快成了"中华堂"的"台柱"，以至于很多顾客来"中华堂"理发，非岳良臣不让理，就算排队等再长的时间也认。

1938年，岳良臣不幸患上淋巴腺结核疾病，颈部生出肿块，找当时外国医生治疗多时，但肿块始终无法消散。岳良臣一名忠实顾客是部队修械所的一名工程师，姓徐，古道热肠。徐先生找岳良臣理发时得知他患有此病，便传岳良臣一秘方，说："此病中医称之为瘰疬症，服用该方可以调理身体，增强体质，同时使用散结化痰、祛瘀之药就能令肿块很快缩小乃至痊愈。"岳良臣按照此方治疗，竟然痊愈，欣喜不已，从此迷上了中医。后来，他得到一套雍正年间草纸印制的《医宗全鉴》更是爱不释手，潜心钻研，开始在理发店开展"武活"的同时行医。

民国街头理发师

　　岳良臣医术日渐精湛，经常门庭若市。新中国成立初期，开封市委统战部一姓吴的干部，患淋巴腺结核，从省医院转到北京、上海的大医院，仍未治愈，偶然听说岳良臣有妙手回春之术，便抱着试试的心态，登门求医。谁料，岳良臣只给他开了一剂中药，服用不久病就好了。吴先生十分感激，拿出自己在解放战争中获得的功勋纪念章赠给岳良臣。新乡一患者，在医院花费很多钱治疗，病情也无起色，慕名求医于岳良臣，不到一个月，该患者竟然痊愈。患者拿出一大笔钱感谢岳良臣，被他拒绝。岳良臣认为，救死扶伤是医者的本分。遇到农村贫穷患者，他常不收诊费。实在贫困的无钱抓药者，岳良臣还会赠药。在那个年代，岳良臣感动了很多人，"岳神仙"之名不胫而走。

　　为了回报社会，1958年，岳良臣献出了自己掌握的几十种治疗秘方，受到当时开封市委的表扬。公私合营后，岳良臣开始为理发行业培育新人。1960年，理发业请岳良臣为老师，开办"新世界"培训室，先在书店街新时代理发店开设，后改在寺后街新华楼浴池东邻。1971年和1972年，理发业先后招收152名学员，集中在几个教室进行培训，岳良臣在寺后街原理发二室执教。

　　岳良臣深谙中医之道，遵循祖国医学系统治疗，取得了丰硕的成果。

1965年,河南省结核病医院专门请岳良臣讲学授艺,并有意请他留在医院搞研究,岳良臣以自己只是一名理发匠为由而婉言谢绝。他说自己一没有学历,二不喜欢受约束,最终回到了开封。

在开封,岳先生一直致力于理发店"医疗室"的工作。退休后,岳良臣晚年生活十分幸福。他精神矍铄,鹤发童颜,耳聪目明,喜欢养鸟,常与一群"老开封"叙旧话新。每每"喷空儿"至兴致处,他便拿起一把紫砂壶,轻啜一香茗,生活颇为逍遥自在。

段润生：相国书场"活岳飞"

评书萌芽于讲故事。三国两晋时，河南已有了"诵小说"讲志怪灵异故事的活动。开封评书的历史可以上溯到北宋时期。那个时候，瓦肆里面就有"讲史"的艺人，《东京梦华录》对当时的说书业做了详细记述。说话艺术摆脱了唐俗讲的宗教内容，并进入了宫廷。崇宁以后，东京汴梁的瓦舍勾栏里有众多的说话演员演出，露天空场、私人府第、街头巷尾、庙堂寺院也时有说话人设场演出。一些"老郎""书会"专门为说话人提供话本。元代元贞、大德年间，汴梁人陆显之的《好儿赵正》话本（即《宋四公大闹禁魂张》）颇为流传。在《水浒传》《说岳全传》《歧路灯》中，对明、清时期的开封相

中山市场平民游艺馆

国寺、萧墙街等处的说书、谈古活动都有记述和具体描写。据《如梦录》记载，明代大相国寺中"每日有说书、算卦、相面、百艺逞能"。孔宪易在《相国寺评词纪略》中说，清朝同治、光绪年间，说书的人很少，民国前后才渐渐多了起来。清宣统二年（1910），商埠城镇、集市码头均有评书活动，仅开封相国寺便有30余位评书演员。民国前后，在大相国寺中经常设场说书的有马俊亭、段润生、万金如等。

众所周知，当代著名评书表演艺术家刘兰芳表演的《岳飞传》，把人物说得惟妙惟肖、栩栩如生。殊不知，在20世纪初的开封，段润生就享有"活岳飞"的美誉。段润生，又称段三，原名树堂，字润生，艺名远山，以字风行汴梁城。他说书时居高座，穿马衫，举止安详，书中欣戚离合之情、捭阖纵横之词，皆能详明委婉地表达出来。一把纸扇、一方醒木、一张嘴，听书的人团团围坐，洗耳恭听。早期的评书演员多为坐讲，注重"口风""声音造型和精、气、神"。一人说多部书，讲究"四梁八柱""明笔暗笔倒扎笔"和"栽桩拔橛儿""挽绩结扣""条子赞子""书串"等技法。一般书不终篇，有"说书不揣底，揣底没人理"之说。因段润生说书的时候常常喷唾沫，书友离得近时常想打伞防止唾沫星近身，于是听众就送了他"段唾沫"这一"雅称"。

谁也想不到，这个当年一说话就唾沫星乱飞的相国寺艺人，在冯玉祥第二次主豫的时候竟然被大家公推为长春会会长和评词研究会会长。段润生曾自豪地对人说："我生平有三绝：笸子上的刻字、讲圣谕和说评词。"简单一句话，高度概括了他这一生的成长经历和成绩。

段润生不是开封本地人，乃滑县段寨人。他的父亲段同春曾经在开封开一笸子铺，苦心经营，生意颇有起色，日积月累，家庭十分富裕。这段润生一生下来衣食无忧，自幼就开始读私塾，还考中过秀才。父亲去世之后家里的生意由其兄长掌管，但由于经营不善，搞得资不抵债，遂把店盘了。段润生好歹是门里出身，耳濡目染，加上心灵手巧，学得一手在笸子上刻字的好手艺。他可以三下两下刻出一簇兰草，又可在笸子背儿上刻出比小米儿还小的字迹。需要仕女图他画美人，需要山水画他刻烟云，新老板执意要段润生留下帮忙。可惜好景不长，他数次弄丢箧子，账目对不上，老板一气之下就炒了他的鱿鱼。卷铺盖走人的段润生无以为生，于是就在开封晃荡。清末民初，开封广化宣讲社穆青山、周汝海、张良臣三人的宣讲堪称珠联璧合。周声音洪亮，久唱不衰，被誉为铁喉铜嗓；张小口小腔，字正韵浓；穆批讲清晰，剖解透彻，"缝子"（漏洞）泥得严实。他们在开封可谓首屈一指。看了几次之后，段润生便学习他们也开始在相国寺讲圣谕、唱善书，渐渐小有名气，日子还算混得过去。

后来他又拜回族艺人李永学为师学说评书。因为有多年的私塾底子，他不久便在大相国寺设场说书。开始的时候，他记不住书中情节，就手拿书本"揭页子书"。他一开场，听书的人便嚷道："'段唾沫'开腔啦！"每听此言，他都尴尬不已，之后便刻苦钻研，买书阅读，向人求教。日积月累，他渐渐地有了名声，后来竟然把《三国》说得无人匹敌。

段润生是聪明人。他不断吸取他人长处，处处向人学习。他坚持夜晚练习说书，不断构思情节，揣摩人物心理、动作、语言。他深知，一部书能否说好，随机应变的"变功"至关紧要。一个成功的说书人，必须以干净利落的"风"、丰富的表情、抑扬顿挫的声调和精、气、神讲故事，间以醒木、折扇、手帕、木棍渲染气氛。日积月累，他渐渐有了名声。当时在大相国寺的书场有30余位艺人竞技，佼佼者是段润生和马俊亭。段润生常说的《三国》《岳飞传》《永庆升平》《七侠五义》等书目，屡说屡新。他在听众中享有"三国状元"和"活岳飞"之美誉。

段润生在相国寺说书日久，不仅有一批忠实粉丝，而且关系极好。中年之后，他迷上了"摸八丁"（一种纸牌）而误了说书，书友们常把他从牌场中硬拉回书场。他总是趁中场休息的时候悄悄溜走，听众久等不见段回来，男女厕所都没有。有人说一定是又跑到南泰山庙那里玩纸牌了，于是派人过去，他果然玩得正"嗨"。那人上去劈头就是一巴掌，笑骂说："你这王八蛋，一棚人在等着听你讲嘞，你竟然溜号了！"段说："白乱，白乱，叫我摸完这一盘儿。"听众不依，于是扯着衣襟拉到相国寺继续叫他"书归正传"。

冯玉祥二次主豫时把大相国寺改为中山市场，为整顿秩序，取缔了求签算命、赌博卖当等。起初，说书卖唱也在取缔之列，众艺人公推段润生和王福堂等人到省政府交涉。他们诉说艺人之疾苦，据理力辩，几经磋商，冯玉祥终于松口，不取缔说书业，但不准他们说封建迷信等内容的书目，并在大相国寺西偏院划出曲艺书场集中地。西偏院原为放生池，池水干涸，遍布瓦砾，必须加以整改才可以设棚开场。于是，段润生打破江湖规矩，把艺人分为两个团队，一队演出不分老少收入均分，一队参加劳动整修场地，轮流交替，不到一个月就提前完成了场地的修整，开出新棚14块，比政府规定的期限提前不少。从此以后，段润生在说书业中的威信更高，被公推为长春会会长。

晚年时，段润生常在相国寺西偏院金家茶馆前设场。1930年，段润生在开封去世。他一生收的徒弟有邱大成、范明显、周明远、刘明祥、戴耀庭。其子段绍周继承了他的衣钵。

马华亭：百发百中"神弹弓"

在开封，上了年纪的人没有不知道马华亭的。20世纪30年代，马华亭的弹弓、沈少三的摔跤在大相国寺名噪一时。他们中大多兼行医、卖药、卖大力丸、正骨推拿，靠真功夫行走江湖。《相国寺竹枝词》有一首专说马华亭："剑影刀光映眼寒，罗圈揖过请包涵。分明制就壮阳剂，改个雅名大力丸。"《开封市志》《开封市医药志》《开封市卫生志》等地方文献对马华亭多有记载，但都语焉不详。

马华亭算是门里出身。1895年，他出生于扶沟县城南街，回族。马华亭先从父亲马贵堂学习少林拳，在开封师从冯玉祥大刀队队长许同贤学习弹腿、查拳，后来以弹弓出名。其父体格健壮，力气过人，曾是清末武举，幼习少林红拳十二趟，擅长醉剑、醉棍、醉拳，精于弹弓。他弹丸上弦，手起弹飞，百发百中。马贵堂是扶沟县有名的武术教头，家中开一马记糕点铺，生意兴隆，算是小康之家；后因一场大火，原

马华亭

本殷实的家变成灰烬。无奈之下，他们只得离乡背井，到开封打拳卖艺为生。

卖艺开封　初露峥嵘

1922年，20岁的马华亭跟随父亲来到了开封，在南泰山庙附近找到一所房子。白天，他跟随父亲在开封城游荡，想找些能糊口度日的活儿。时值泰山庙舞狮赛会招聘舞狮子领球人，马华亭前去竞聘。经过多轮比试，马华亭的精湛表演得到了大家的认可，通过了选拔，获得5块银圆的奖励。后来在赛会上，马华亭的表演不但精彩，而且难度很大，场场博得观众掌声，又得到了20块银圆的奖励。

初来开封，马华亭大显身手，不仅赢得江湖上的名声，还挣到一笔钱使一家人顺利过了年关。

马华亭初到开封时，有人结伙踢过他的摊子，也有人乘其不备跃入场地，要给他点"颜色"，可他都做到既不失威，也不失礼。有一次他正在卖艺，一武士突然跳到场地，双手拦腰将他抱住，想趁其不防把他摔倒。只见马华亭转身来个"冲天炮"把那个人打得头晕目眩，跌倒在地。那人仍不服气，扬言"回头见"。这时马华亭却不气不恼，端来水为他洗净，又赔不是。

在开封，为了生计，马华亭糊过火柴盒、做过搬运工等，无论生活多么艰难，他都不忘坚持习武。马华亭曾在后百子堂办了一个武术学校，因经费不足难以维持。他听从朋友的劝告将学校停办，开始在街头专心卖艺为生。

立足相国寺　江湖赢美名

1927年，冯玉祥将军响应北伐，兵出潼关，东进来到开封。第二年，他就把大相国寺改建为中山市场，除把主要佛殿分别改为民众会场、自然科学馆外，还在空旷的地方建立棚屋，租给商民、江湖艺人和星卜术士使用。卖艺者多集中在中山市场的民众公园前面和西院。相国寺是百艺荟萃、三教九流汇集的地方，一个外来的卖艺人要在这里扎下摊来谈何容易，但马华亭凭他那神奇的弹功技艺，不仅在相国寺站住了脚，而且位居相国寺江湖艺人之首。当时，凡到过开封的人，不看马华亭的弹弓表演是天大的遗憾。他手使一牛角制成的弹弓，弓长1.13米，弦长1米有余，满弓弦力15公斤，弓统中间有一直径为2.2厘米的弹孔，可放一拇指大的弹丸。他手使这样的弹弓，不但有百米穿物之功，而且还可以施出种种绝技：在相距6米处的地方用线吊一缝衣针，手起弹飞，针被打跑，这叫"悬针不漏"；将一泥丸放在6米远的土窝内，能被应声击碎，这叫"凤凰夺窝"；"天鹅下蛋"是先将一弹子向上抛起，尔后张弓将子击飞，弹出弹子落下；"流星赶月"是两脚各踩一弹子，先将右脚下弹子向后蹬跑，右脚离地刹那间拉弓击中弹子。再将左脚下弹子蹬跑，双脚同时跃起击中弹子；"打香头"是在6米处的假面人的眼珠上插几根火柴，火柴一根根被打着而火柴根不倒。此外，还有什么"浪子踢球""苏秦背剑"等绝招儿。因此，在开封只要提起"神弹弓"马华亭，几乎是无人不晓，对于他的武德和为人，那更是有口皆碑。

马华亭初进大相国寺很不顺利，为了养家糊口，只得忍气吞声。旧社会在大相国寺里打拳卖艺维持生活的艺人没有社会地位，生活没有保障，日子过得非常艰难，无论是烈日酷暑还是风雪严寒都要开场表演，遇到刮风下雨没法卖艺挣钱就要挨饿。在大相国寺这块地盘上卖艺没有绝技也是不行的，随时都有被地头蛇踢摊子的可能。马华亭白天卖艺，晚上还要练功。马华亭这一行，当时江湖上称为"卖解者"。所谓卖解，就是在卖艺的时候，一面耍弄刀枪，一面解释所玩的是什么，如在耍单刀时要说"小小钢刀明亮亮，一半银子一半钢。先破少林一路棍，后来又破杨门枪"。马华亭一家住在中山市场269号的两间平民屋内，卖艺在大相国寺二殿前，表演武术、弹弓，兼卖自制的英雄大力丸。

马华亭的团队一共有8人，分别是妹妹马素贞、儿子马克勤、女儿马小侠及徒弟马福堂、郭洪文、许邦强、关金英，以练武术、耍刀、弄枪为主。表演的节目有40多种，最受欢迎的是"对打"，如双刀破枪、白手夺枪、三环套月等。

马华亭擅长打弹弓，百发百中，开封人送他一个外号"马百中"。他能在10米以外射燃一根火柴。其练习方法是：在两丈左右距离内夜晚打香火头，白日悬针发丸射击，要练到"悬针不漏"。表演时，打固定目标有"金钱落地"——铜钱置人鼻上或衔中一半，丸到钱落。

精功好义，"我武维扬"

马华亭性格豪爽，侠义勇为。有人路遇歹徒，他救过人命；闻知有人跳井，他跳进井内救其得生。民国十八年（1929）夏，相国寺的西偏院放电影时失火，他闻讯而至，救出许多人来。在相国寺的多次打擂比赛中，他光明磊落，反对出其不备、暗中伤人。众人赠送他一块"精功好义"的匾额，这是对马华亭的切实赞誉。

马华亭在江湖上名气越来越大，成为拳师中的佼佼者，所有外地来大相国寺卖艺的艺人均得先拜会马华亭，由他招呼安排演出。

1936年，开封教育实验区出版部出版的《民众娱乐调查》一书中介绍了马华亭的大力丸广告："马华亭自造英雄大力丸，专治一切，开列于后，跌打损伤，五劳七伤，半身不遂，固本壮阳，咳嗽吐痰，呕吐心血，心胀胃满，胃气疼痛，红白痢疾，鸡鸣泻泻，黄病膨症，风寒气遂喘，周身无力，筋骨疼痛，脱肛不起，遗精白浊。如蒙赐顾者，请认武术锦为记……"马华亭除精通武术、

马华亭持弹弓照

能自制大力丸外，个人还能正骨。民国时期，在河南举行的第五届国术考试兼射骑比赛大会上，他也大显身手，而且他的弹弓还分别获得了朱绍良和李培基赠送的"我武维扬"银盾各一座。其子马克勤在1936年参加河南省第六届国术省考及骑射大会时获第二名。

1936年，马华亭在开封依靠卖艺、正骨推拿，终于积攒了足够的资金，在大相国寺大门里西侧第一家门面房上，挂出了"幼亭诊所"的招牌。马家经过多年努力，依靠武术和医术，终于在开封挣得一份家业。

马华亭制服日本人的故事在开封也一直传为美谈。1944年，马华亭有事去寺后街，恰好碰见一个日本人，抓住马华亭的手腕不放。马华亭看其来意不善，立即用金丝缠腕之高招，将日本人制翻于地，疼得他嗷嗷直叫，许久没有站起来。

马华亭一生生活俭朴、不沾烟酒、待人和气，为国家培养了不少优秀武术人才。

曹金川：侠肝义胆揭竿起

曹金川，开封通许长智镇涧店村人，生于1871年，其父曹凤岐是远近闻名的拳师。曹金川自幼随父学习武术。因家庭贫困，曹金川从8岁起跟随父亲跑江湖卖艺，到18岁时已练就一身好武艺，不但刀枪娴熟，而且精通拳棒。30岁那年，年富力强的他感觉再靠江湖卖艺已经难以为继，再加上上有老下有小，不能再四处漂泊。于是，他到本族一个家有300亩良田的人家打长工。

长期在江湖上行走的漂泊生活造就了曹金川不畏强权、疾恶如仇的刚毅性格和路见不平、拔刀相助的侠肝义胆。一次，他从山东比武会友回来，路经杞县沙沃，遭到当地一姓崔的大地主的无故挑衅。姓崔的地主指使一帮恶棍，靠着人多势众，把曹金川暴打一顿，曹金川由此开始痛恨这些恶霸地主。经过多年的漂泊生活，他深深体会到老百姓之所以受压迫，主要是因为清政府的苛政和地主的剥削，劳苦大众只有联合起来才可以抵御强权。于是，曹金川开始广泛结交武林好汉，并在村里设场教练武术，广收门徒。1907年，豫东地区接连遭受自然灾害，水、旱、蝗灾害频发，庄稼歉收，民不聊生，而各种苛捐杂税却丝毫未减。官逼民反，广大贫苦农民到处掀起抗捐税和抢米运动。1910年，从扶沟、鄢陵传来的"老母会"开始蔓延至通许。"老母会"对内宣传：入会者每人分地九顷六，将来地都是会员的，掘起犁子没有边。打富济贫，一人入会，可保全家无患。对贫苦者，没吃的给粮食，没穿的给衣服。对外宣传：会员是硬肚子兵，有"无极老母"保身，拉起板凳能当马，

清末民初运送物资的开封老百姓

拿起鸡毛能当刀,撒豆成兵,刀枪不入,坐到席上能腾云驾雾等。"老母会"在通许县和杞县一带很快就发展会员1万余人,曹金川就是在这个时候加入该组织的。据说,孙中山和黄兴领导的同盟会得知豫东有一支农民力量,立即派鄢陵廪庠生姚黄带着经费来联系,为其改名为"黄道会",正式提出"打富济贫,平均地权""免粮草,废苛捐杂税"等号。入会者发黄巾一条,秘密传播"末梢年(辛亥年),大清气数已尽,灭了大清3年不完粮,永享太平"。"黄道会"开始密谋武装起义。曹金川作为副帅,约定率领通许一带的"黄道会"会员在1911年10月17日与太康、鄢陵等地的起义军在润店村集合。但是那天,其他起义队伍未能如约到达,曹金川此时箭在弦上不得不发,他率领150多人的起义军按照原计划开始攻打杞县沙沃。

　　"黄道军"人数虽少,但是军纪颇为严肃,士气很高,斗志很强。曹金川前头领队,队伍于深夜出发,黎明时分就攻克了沙沃。他们先是砸了盐店、染坊等,继而没收了欺负他的那个崔姓地主的财产。曹金川将所得粮食、财物除留一小部分作为军需外,其余悉数发给了当地的穷苦百姓。百姓有了衣食,无不拍手称快,时传歌谣曰:"穷人吃盐没有钱,曹帅来了饭也咸。俺跟曹帅去造反,要把财主杀个完。"还有的唱:"曹帅拿着六轮子,见了富人要银子。穷人揭竿要入伙,富人害怕城里躲。"曹金川带领起义军杀富济贫,深受百姓欢迎,要求加入队伍者络绎不绝,很快发展到2000余人。

曹金川在沙沃停留数日后,打算北攻王堌集,然后再占据杞县县城,最后取开封。当时部下提出:北攻王固集是不祥之兆,"王"与"亡"谐音。又有人神秘地劝告他要离开此处,说"沙沃"与"杀我"同音,似有不祥,不如转到练城休整队伍,训练士兵,以利再战。曹金川采纳了他们的建议,遂于10月24日黎明进入通许县境内的练城。练城盐商沈老三吓得惊慌失措,连夜逃往通许县城。曹金川亲自命令地方班头娄殿魁将大户的粮食集中起来,分给穷人。穷苦百姓说:"金黄道、银黄道,黄道来了财主逃,穷苦百姓拍手笑。"

当时队伍中有个小首领,人称"黑鸡头"。这人素来不守规矩,违抗军令坑害百姓,甚至强奸民女,民愤极大。在练城,曹金川为了整肃军纪,在寨外当着数千百姓的面,历数"黑鸡头"的种种罪状,下令斩首示众,以泄民愤。

曹金川和他的队伍在练城休整一段时间后,开始向安岭进发。安岭寨防守坚固,四乡地主据寨顽抗,一时没有攻下。曹金川向寨内提出要10匹马、300两银子,免于攻寨。寨主李万荣不但不答应,反而开炮射击,激起了"黄道军"的怒火。他们奋力攻击,摇鼓手高喊道:"乡亲们,我们是打天下的,捉住大户要骡马,不拿老百姓的东西。"一阵喊话,寨内贫苦农民就有人打开寨门迎接义军。曹金川,将地主家的粮食分给贫民,骡马充作军用,并烧了寨主李万荣家的房子。

攻下安岭后次日,曹金川向杞县西南西石陵岗进发,所过之处百姓扶老携幼,摆设茶果,夹道欢迎。官府见起义队伍势如破竹,惊恐万状。杞县、通许、太康三县县令星夜行文告急,开封巡防营洋炮队配合杞、通两县反动武装和地方团练开始围剿"黄道军"。由于缺乏严密组织,这些农民军听说配有洋枪洋炮的官兵要杀来了,大部分人都逃离他乡了。剩下一小部分起义军在曹金川的带领下奋力抗击,双方经过几小时的激烈战斗,终因"黄道军"武器落后而惨败。"黄道军"尸横遍野,百余人被俘。曹金川突围逃走,远走他乡。

李永学：弃武从文终成名师

在清代同治、光绪年间，相国寺说书的还很少，因为那时寺院还没有被冯玉祥改造成中山市场。作为佛教圣地，江湖艺人到相国寺献艺，需要得到住持方丈的许可才能进寺，并且还要向寺院缴纳一定的费用。据《河南曲艺史》记载，那时比较有名的艺人及说书节目有：里城镶红旗人"老关爷"在相国寺东院鼓楼下设场，演说《三国演义》诸书；"摇头疯"说《聊斋志异》；"穷孙张"说《明清忠烈》；"里城王"说《绿野仙踪》；寿张马说《张文祥刺马》，以及王亭、苏先儿、魏先儿、老马玉堂（拜师魏兴隆）、老张先儿、李永学等表演的节目。其中尤以李永学影响较大。李永学是一个传奇，更是一个传说，他是相国寺江湖的一个久为人们津津乐道的评词艺人，后来相国寺的诸评书艺人中多是他的徒弟和徒孙。

李永学本名李学，因为他是"永"字辈艺人，所以又叫李永学。此人乃开封人，回族，聪慧勤奋。他从小就开始练习武术，身手十分了得。据说三五个人近不到跟前，善轻功，可以做到"贴墙挂画"，就是可以像一张画挂在墙上那样。青年时代为了养家糊口，他在汴京镖局谋一差事，就是职业押镖。清末时期，他是中原颇有名气的镖师，因为他的招牌，镖局生意十分兴隆。李永学毕竟年轻，争强好胜，时不时想显露一下自己的身手。有一天，他在东大寺与街坊们打赌，说自己能手捏着东大寺大殿前檐的椽子悬空走一个来回，而且不会惊动一块瓦。大家伙相视一笑，都不信，有人故意逗李永

东大寺

学说:"净瞎胡喷,哄三生儿小孩儿吧。我还能一蹦到月亮上呢!"众人哄堂大笑。李永学面有愠色,有些被激怒的样子,厉声言:"你这货,蹦三蹦也够不着蚂蚁蛋儿。看哥咋给你比画一下吧!"说罢,环视周遭,整理一下衣服,三步并作两步疾驰至大殿前檐下,大脚轻轻一点,就像烟火升空。大伙儿还没注意到咋整的,他已经如鲤鱼跃龙门般腾空而起。他右手捏着突出来的前檐椽子,先是如钟摆故意摇晃几次,接着就开始走着"太空步",悬空围着屋檐走了个来回之后,双手抱拳说声"见笑"就如羽毛飘落,稳稳地落下地面。大家这回算是开了眼界,见识了啥叫真正的轻功,不禁齐声喝彩。

李永学的师父身怀绝技却从不张扬,他与普通人一样,走在街上根本就看不出来是个武林高手。他知道李永学在东大寺的行为之后就想教训一下弟子。他把李永学叫至家中,说:"今天没事,咱爷儿俩在院中比试比试,看你近日的艺业如何。"李永学一听,感觉不妙,再看老师当时的脸色有些阴沉,他知道师父的低调为人,近日张扬之事果然被师父知道。当时他苦苦哀求师父原谅他,说自己不懂事,不该背着师父去显摆。师父说我只是试试你最近功夫练得怎么样?李永学知道这一关躲不过去了,只得硬着头皮应战。师父毕竟是师父,手里还留着几招后手呢,没几下,师父就将他一条腿打折,说:"我今天是治治你的狂劲,学武术是为了防身,能如此逞强炫耀吗?我常给你们讲,人外有人,天外有天,你就是不听……"遂命人将李永学抬回家中。

李永学在家治好腿伤,走路便不太方便,一腿稍跛,从此也不能再押镖了,丢了汴京镖局的饭碗。于是,为了谋生计,他便从此投师学说评书。他悟性高、口齿佳,没几年就成为知名的评书艺人,以《永庆升平》《七侠五义》等书闻名于开封书坛。

李永学在中州书坛驰骋几十年,教出来的徒弟都是民国评词大咖,马俊亭、段润生都是他的徒弟,徒孙儿更是满天下。

张钫：开封公园建设的推动者

近代开封的城市发展离不开两个人，一个是冯玉祥，一个是张钫，冯玉祥的事迹大家都熟悉，而对张钫却不是很了解。张钫是洛阳新安人，曾担任河南省政府建设厅厅长、民政厅长等职。如果提起著名的千唐志斋大家都熟知，千唐志斋就是张钫所创。无论是在外省工作还是在开封工作期间，张钫颇有政声，被老百姓誉为"河南老家长""中州豪侠"，毛泽东称其为"中原老军事家"。张钫1909年毕业于保定陆军速成学堂（第一期炮科），在校期间加入中国同盟会。在开封，张钫的住宅曾有多处，如今保存下来的也仅仅是朝阳胡同这一座四合院了，现在是"河南省重点文物保护单位"。在开封铁塔公园和禹王台公园至今仍有张钫的三通石碑，记载了他与开封公园建设和发展的历史往事。

以工代赈美化城市

1912年1月，中华民国建立后，张钫任陕军第二镇统制，1914年调任陕南镇守使，1918年4月被推举为陕西靖国军副总司令，与总司令于右任等一起，率军反抗北洋军阀及其在陕西代理人的专制统治。1925年，张钫应于右任之邀，去北京协助冯玉祥同广东国民政府合作。1927年春，他应于右任、冯玉祥邀请抵陕参与策应北伐事宜，同年5月随冯玉祥的国民革命军第二集团军到达河南，参与谋划军事与河南政务。1928年秋，南京政府任张钫为河南省建设厅厅长兼省赈务委员会主席。他在执掌建设厅期间，主持整治河道，兴修水利，修建公路，植树造林。张钫认为："水利挂帅，农业方可先行。"他成立河南省水利局，并创办河南省立水利工程专科学校，培养和造就水利工程方面的技术专业人才。

当时正赶上河南灾害，豫西兵、匪、旱三害并袭，大批灾民扶老携幼到开封谋生，张钫遂多方筹款放赈，舍粥济民。张钫主持赈务，多方筹款放赈。1930年1月中旬，河南省赈务委员会在开封设立救济院，下辖三个舍饭场：第一舍饭场在三官庙；第二舍饭场在龙亭；第三舍饭场在贡院。每个舍饭场收容灾民1700人至1900人，3个舍饭场近6000人。每天两顿饭，9时和16时开饭，保证每人都能吃饱。赈务委员会对在开封的数万名灾民，除安置在舍饭场和用以工代赈的方式解决他们的生计外，还成功组织、动员了一批灾民"作工就食，垦荒牧畜"。张钫用"以工代赈"方式，铺陈省会园林建设，借以安排灾民生活。此举对开封的城市建设与园林恢复贡献十分显著。期间，张钫筹划完成了开封铁塔苗圃及河南农林试验总场的植树造林与园林风景建设。

知止亭诉沧桑

如今漫步铁塔公园，满目苍翠，花木郁郁葱葱，哪些树曾是张钫栽植的呢？当年张钫曾经在此植树数万株。岁月无声，浮屠无语，千年铁塔见证了

知止亭　　　　　　　　　《知止亭碑记》

张钫当年的园林建设。在铁塔公园现在仍有一个美丽的亭子，叫"知止亭"，知止亭北侧今存《知止亭碑记》。

  说起这个亭子还有很多故事。1930年蒋、冯、阎"中原大战"后，张钫就任河南民政厅长兼二十路军总指挥，尽管兵事稍息，百废待兴，但张钫仍然念念不忘其未及完成的园林建设。民国初年，遮盖接引佛铜像的高阁损坏，铜佛再次裸露于光天化日之下。当时开封城正在改造南土街计划营建国货市场，张钫将刘家当铺门面房拆下的木料砖瓦收集起来，转运至铁塔南，修筑了一座八角亭以供奉接引佛铜像。这座宋代接引佛铜像一度险些被化为铜水铸币，张钫的善举无疑是为铜像遮风挡雨，保护了文物。有了八角亭的庇护，接引佛总算暂时有个庇护之所了。直到1986年新建的接引佛大殿竣工，接引佛始从知止亭移出，迁入新大殿之中。

  因为亭子修筑的地方乃是宋代艮位遗址，艮的方向位东北，其义为止，《易经》上说："艮止也，止其所也。"张钫在碑文中表达了忧国忧民之情："于时大难初平，疮痍满目，惟拊循劳来是亟，凡事之稍近劳费者，一是罢除。今年夏，民气少苏，又曩所经营工犹未竟，爰事兴作，复建斯亭。"八角亭落成后，张钫有感于民生憔悴、遍野哀鸿，当政者不思体恤民艰，救民水火，反而劳费民力，粉饰太平的不智之为，遂将此亭命名为"知止亭"。其用意在于训诫做官的要为国为民"知止有定，理有固然"，按照规章办事，该办的事要办，并要办好，不该办的事则坚决不办。1938年6月，日军在开封北城外谢庄架起五六门大炮轰击铁塔时，炮弹嗖嗖地从八角亭边擦过，八角亭竟毫发无损，一时人们争相传颂。今亭外墙尚有一方石碑，记述日军攻城，数十发炮弹射击该亭，四周围墙坍塌，而佛像完好，后来就专门对这个亭子进行了维修。

奠定禹王台园林的基本格局

  张钫执掌建设厅次年起，即着力于改组建设厅下的六个机关，合并成立河南农林试验总场，在既有的农圃林地园林基础上，全面进行园林景观的规划和布局。河南农林试验总场的前身是省立农事试验场，1909年，时任河南省农工商局局长何廷俊在开封郊区禹王台购地并创立。1914年，湖南巡使田文烈由农事试验场割36亩创办河南森林局，后来不断开拓地盘，植树造林，逐渐成规模。1924年，河南立农事试验场分设技术、事务两股，分掌农业科研及后勤事宜。各县设农事场，四道设蚕桑局。1927年，刘镇华注重林业，扩充组织，改为河南林业试验场。1929年，张钫将河南立农事试验场、林业试验场、动物园、第一蚕桑局、模范苗圃、中山林场合组为河南农林试验总场，内设农艺、森林、蚕桑、畜产、气象观测、农业、化验、病虫害防治与技术推广等9股，并于尉氏、商丘、洛阳、南阳、信阳、汲县、辉县分设7个农事试验场。"更拓地数百亩，购置各种应用仪器，俾资试验。"1930年，张钫采纳技士张绍伦建议，将河南农林试验总场改组为省立开封园艺、信阳稻作、南阳蚕桑、洛阳棉作、汲县杂谷、辉县畜牧和商丘麦作等试验场。

在禹王台大殿外墙上今嵌有《河南农林试验总场纪略碑》，张钫撰文，关葆谦书丹。另有一块《河南农林试验总场纪念碑》，张钫撰文，许钧书丹。两通石碑皆立于1929年7月29日。

当年张钫曾在铁塔公园整改硬件，"浚池修望，杂艺花木，为都人士游

张钫故居

憩之所"。在禹王台种植桧柏，现在禹王台公园的桧柏就是当年张钫所植。"复于吹台之隅，构一动物园，罗致珍禽异兽，以供游览。""以古迹系人怀思，则又凿池引渠，叠山穿洞，治桥梁，建廊舍，辟畦圃，罗致珍禽异兽、佳卉奇葩实其中，为都人士燕息游瞩之所。经始，甫半载而规模颇可观焉，继自今发挥光大，健行不息。"张钫当年把莲池扩充疏浚，形成现在古吹台三面环水的格局。禹王台的土山就是当年以工代赈的结果。

  古吹台下郁郁葱葱的柏树见证了河南农林试验总场的沧桑巨变。张钫以古吹台名胜为中心，对整个场区的园林风景加以重塑，园林建设覆盖至全场。在战乱频仍、民力劳顿的近代背景下，艰难地完成了从农圃林地到风景胜地的回归，奠定了今天禹王台近代风景园林的基本格局。

李元庆：舍生取义真英雄

李元庆，1838年出生于祥符县治（今开封市祥符区）台村一农民家庭，回族，清道光年间的武庠生。他身材魁梧，相貌堂堂，美髯飘胸，家有土地80多亩，算是小康之家。李元庆为人刚正，好打抱不平，常和侵犯村民利益的恶势力斗争。他仗义疏财，经常资助穷苦乡亲，在家乡颇有声望，属于近代中国典型的乡绅人物。然而，60岁之后的他却干了一件惊天大事，朝野震动。中华人民共和国成立前，在陈留、通许直至徐州地区流传的豫剧《大誓薄酒店》演的就是李元庆领导的祥符县抗粮的事迹。1948年出版的《开封文献》载有《李元庆传》。

清道光年间，黄河两次决口，河南原先大片肥沃的土地被黄沙压得寸草不生。1904年，正值《辛丑条约》赔款时期，加之慈禧回京途经祥符县，挥霍巨大，所有巨额款项统统压在当地人民头上。1904年2月，河南巡抚陈夔龙奏请在沙压地区祥符县周围的黄泛区重新征粮，强令人民补纳过去18年间因土地盐碱抛荒而未交的田赋。

1904年8月，河南官府在沙压地区征粮的告示贴出后，全县72社的群众十分激愤，各社群众及当地士绅领袖商议对策，他们决定先推出代表向官府请愿。时年66岁的李元庆曾在周围13个庄组织"棉花会"和"老虎会"，还是民间秘密会社"仁义会"的重要成员，因此被本村人公推为议事的首领。从此，他从耕读传家的乡绅踏上为民请命之路。李元庆不顾个人安危，四处奔走,曾连续四天四夜不进家门,联络各社首领共商良策。经串联协商,他们决定派代表到县衙请愿,争取让官方收回成命。

在这一段时间内,李元庆和全县72社首领多次聚会议事,先后4次到祥符县衙门请愿免粮。时任祥符知县的孔繁浩表面上答应代民众向上头吁请,暗地里却派人监视李元庆的行动,并指使劣绅和流氓打入抗粮斗争的群众队伍内部。同时,他迅即申报巡抚衙门,做好武力镇压的准备。

最后一次请愿中,知县孔繁浩没有亲自出见,而是让一位师爷接见了抗粮群众。李元庆面对官方代表,慷慨激昂地说:"开封五门四门沙,一门半沙种棉花。"他阐明了因土地瘠薄,田赋漕粮无法完纳的道理。官方代表问请愿群众:"你们说种地不完粮好不好?"请愿群众齐声回答:"好!"官方代表没料到群众会这样回答,弄得很狼狈。于是,官方代表原形毕露:"不完粮不好,也办不到!"听此,李元庆对大家说:"那好啦,我们走吧。"请愿群众无奈被迫退出衙门。

群众几次请愿毫无结果,决定采取进一步行动——封锁开封城。

李元庆与各社首领决议,实施"禁止米、面、柴、草进城的方案"。为了在全县及更大范围内采取统一行动,他们决定在薄酒店村召开全县农民抗粮誓师大会。鲁屯村苏全发担任传帖送信任务,他连夜奔跑,很快将帖传遍全县及邻近各县农村。帖上写着:"大家都要停犁住耙,击钟为令,一村击钟,各村传击,钟响集合,见字不存。"1904年9月28日晨,钟声一村接一村地响遍全县,各村农民齐赴薄酒店村,很快薄酒店村北的泰山庙前聚集了3万多人。各社首领推举苏全发主持会议。李元庆给大家讲话,他跨在庙前的石狮背上大声讲道:"父老兄弟们,祥符地瘠民贫,五门门四门是沙,现在官府叫我们交粮,我们交什么呢?大家说我们交不交?"下边众人高声回答:"我们不交!"李元庆接着说:"对!我们要活下去,就得让陈夔龙收回成命。他不收回成命,我们就不准米、面、柴、草进城!大家说中不中?"众人齐呼:"中!"这时苏全发在旁边高声呼喊:"谁向城里运粮草,我们就砸谁的车。"众人应声道:"对,砸粮车!"李元庆挥手继续说:"从今天起,咱们都是兄弟了,我们全换帖了。以后,我们有福同享、有难同当,一村有难,村村支援。"说到这里,人们激动地向李元庆涌去。

恰在这时,有清兵身佩马刀,押着一辆运粮车从此路过。众人一拥而上,将粮车砸毁烧掉,把清兵打得头破血流,关在庙里。

誓师大会的消息在城里很快传开,众说纷纭。巡抚、知县更是惶恐不安,担心农民会趁进城赶庙会之机攻城。于是,他们一方面紧闭城门,令驻军严加防范;另一方面,急派两营清兵,清剿治台村。开封城里的知情者听说陈夔龙要血洗治台村的消息,忙修书数封告知李元庆。李元庆得消息后立即写传帖发往各社、各村,要各社农民聚集治台村,举行起义,进取开封。

9月30日,李元庆下令击钟集合,远近农民手拿锄头、叉、铁锨、棍棒,还有的拿着鸟枪抬着土炮等,齐奔治台村。傍晚,治台村及附近村庄已人山人海。

次日黎明,清兵开进治台村附近布防。他们先派十几名清兵化装进村打探,不料刚一进村便被村民识破,遂遭痛打。即刻,清兵便由南向北开始包围治台村。村民发现后,便击钟呐喊,迎上前去厮打。清兵军官见状,急令士兵开枪,但士兵却朝天鸣枪。于是,村民高喊:"夺枪,夺枪!"军官见势危急,强令士兵向人群开枪,手无寸铁的群众纷纷倒在血泊中。愤怒的村民前赴后继,清军几次冲进村子,都被村民打退。

村民由于组织不严密、步调不一,最终因禁不住清兵的连续冲击而失败。通许、尉氏民众行到中途,闻听李元庆已败,只好返回。郑州、中牟、滑县、封丘等前来支援的民众也相继返回。

李元庆、苏全发逃离险境,清政府悬赏捉拿李元庆。10月5日,在陈留县韩岗北马庄柏树坟中,李元庆被人缢死。官方验尸时,发现地上有用刀子刻的几个字:"城东治台李元庆。"清政府得报后,把李元庆尸体运到石方院,10月26日开堂审理,宣判李元庆大逆斩首,将他的头游五门,挂到治台村李元庆家门口3天。过了好几天,村民托人花了20串钱,才把李元庆的头和尸体赎回安葬。

1905年,清廷下令免除"河南祥符四十州县被灾旧欠粮"。抗粮运动对河南官府的打击是沉重的,祥符县知县孔繁浩得了个暂行革职,仍留该任,以观后效的处分。1906年1月陈夔龙也被调职。

冯翰飞：民国藏书家遭日军劫夺

冯翰飞是开封著名收藏家。日军侵华期间，第十四师团的土肥原贤二窥视开封文化宝藏，有计划、有重点地进行了文化掠夺。三眼井 15 号的冯家旧宅见证了他们的暴行。

北大教授的著作揭开日军在冯家的抢劫

在冯祖铨先生的客厅，身体硬朗的冯先生小心翼翼地拿出一个手提袋，

在三眼井 15 号冯家旧宅院，冯祖铨指认当年防空洞的位置

从一堆资料中取出两本书。冯祖铨先生说，他10年前从北京大学教授严绍璗著作的《汉籍在日本的流布研究》一书中发现了他爷爷的藏品在开封沦陷期间被日军抢走的记载。严绍璗教授是北京大学比较文学研究所副所长、北大日本研究中心委员会委员、中国中日文学关系史学会副会长，1985年应邀任日本京都大学人文科学研究所"日本学"首任客员教授。严教授曾长期在日本探讨中国文献典籍向日本流布的轨迹与形式，研究日本对汉籍的保藏与吸收，在国际上很有影响。冯祖铨在该书第198页找到明确记载，他激动地指给我们阅读："1938年6月，日军土肥原贤二所属合井部队在开封查抄冯翰飞宅，劫走《吴道子山水》立轴一幅、宋画《儿童戏水图》立轴一幅、《王石谷山水》立轴一幅、《戴醇士山水》立轴一幅。"为此冯祖铨先生专程到北京大学拜会严绍璗教授，详细询问冯家被日军抢劫走的文物一事。据冯祖铨回忆，当时严绍璗教授说在狼烟四布的中国，抢劫百姓财物是屡见不鲜的。严绍璗教授当年在日本外交部档案中查到了中国战时"文化财"损失委员会向远东国际军事法庭提供的《中国战时文物损失调查报告（图书类）》，详细叙述了各省市级图书馆在战时被日军劫夺的文献典籍，而冯翰飞家被日军劫走的文物就在其中明确记载。

据冯祖铨介绍，1927年至1930年间，他的爷爷冯翰飞在北平养病，后来在北京建立中华历史图书馆。当时冯翰飞所藏报刊达1000多种，为民国时期我国私人集藏报刊三大家之首，他当时积存的报刊有六大书库。1935年至1936年年间，华北日军增兵，平津局势紧张，冯翰飞写信给当时南京国民党中央宣传部编审科科长朱子爽，拟将北平所存报刊设法运南京保存。南京国民党中央宣传部部长叶楚伧批示："可先与洽商搬运储藏及管理办法，俟办法谈妥后即办。"冯翰飞亲自赴南京商谈，因条件没谈妥，而平津形势紧张，冯翰飞匆匆北归。七七事变之后，北平沦陷，日本抄了冯翰飞的书库，拿走不少善本珍本。"我爷爷把劫后剩余的集藏想办法运回了开封。之前，北平形势紧张时，他已经把与河南相关的书报都运了回来。但两回运送回开封的，已不足原收藏的一半。"冯祖铨惋惜地说。

修筑防空洞没有阻挡日军的劫夺

我们乘坐7路公交车从魏都路出发，在鼓楼下车，跟随冯祖铨先生到三眼井15号查看现场，几乎是在南北巷子的尽头处，往西拐有个胡同。"这里过去是大门，原来是个四进的大院。"往前走是一处红砖的大房子，"这里就是最后一进院子的花园，我爷爷从北平回来之久，预感开封危机，在1937年下半年花费3000银圆，在花园里修筑了一个防空洞，将从北平运回开封的报刊装箱存入洞内。"防空洞已经无迹可寻，现在防空洞和花园的上面矗立着一栋房子，因为当年地下曾有防空洞，如今的这座用作仓库的建筑上依稀可见裂缝。

因为冯翰飞集藏报刊闻名全国，当年蒋介石曾想花费10万银圆购买其藏品被拒绝。而日本人也早就注意到他了，为了摸清冯翰飞的藏品，土肥原贤二很早就派一个名叫松根的日本特务在冯家门口伪装成卖豆腐脑的，一潜伏就是10年。直到1938年6月6日开封沦陷，在潜伏特务松根的指引下，土肥原贤二派合井部队直奔三眼井街冯翰飞宅，劫走古籍、字画、古玩等文物，唯有冯翰飞集藏的书报侥幸留存。

冯家被劫夺的这批文物在南京第二历史档案馆可以查到原始的档案记载（全宗号5，

南京第二历史档案馆关于冯翰飞被日军劫夺文物统计

案卷号11707），案卷标题:《河南省及北平市公私文物损失数量及估计目录》。其中一页中明确显示："冯翰飞，开封三眼井15号，书籍六种、字画五件、古物七件，在民国二十七年开封沦陷时被劫。"1983年11月25日，联合国教科文组织曾经以120票对0票通过决议，要求将历史上被劫夺的文物文献归还原属国家。1995年，联合国教科文组织重申这一国家法原则。日本作为联合国成员国，对这一决议是投了赞成票的，但是，时至今日却未见日本有任何实际的行动。

夕阳西下，鼓楼夜市的摊位开始上市了。离开了三眼井街，在公交站牌候车的时候冯祖铨说："被动的防御是挡不住日军闯入民宅的抢劫，建再好的防空洞也不如国家强大起来。国富民强，外敌才不敢入侵。"

后记：原来历史并没有走远

2014年9月下旬，英国BBC来开封拍摄《中华的故事》纪录片，主持人迈克尔. 伍德说，他在1984年第一次来开封的时候，发现《东京梦华录》中的街巷还在，人们生活的城市无不充满着宋代的韵味。2014年的开封，在他看来虽然有了变化，但是精气神还在，他梦中萦绕的宋代文明与繁华依然能够在市井中觅得痕迹。他高度评价开封的历史地位和国际地位，他盛赞开封是一座"记忆之城"。开封城通过书画、语言等展示北宋厚重的历史，在他看来可以与雅典、巴格达相媲美。当时我十分遗憾自己的英文太差不能与其进行更多的交流，多亏了制片人的翻译我们才能够简单沟通。在拍摄过程中我们形成了一个共识——"发展慢也是一种保护"。是啊，正如余秋雨在《五城记》中所言："它背靠一条黄河，脚踏一个宋代，像一位已不显赫的贵族，眉眼间仍然器宇非凡。省会在郑州，它不是。这是它的幸运。曾经沧海难为水，老态龙钟的旧国都，把忙忙颠颠的现代差事，洒脱地交付给邻居。"

原来，历史并没有走远，而是潜藏在岁月深处，静待我来。忽然感到自己是肩负使命的人。那一年大病手术后，郭灿金老师夫妇去医院探望，他一句"你要是死球了，开封对我们还有什么意义？"一句话让我心潮澎湃、思绪万千。原来，我日常做的那些事儿，对于热爱开封文化历史的朋友来说是那么的重要和有意义。是的，我曾尽己所能搜罗开封文献，因为喜爱，无形中抢救和保护保存了开封的文化资源。我在媒体开辟专栏，年复一年、日复一日地写关于开封的文章。我不但深入历史现场，而且还还原了历史现场。《重返开封抗日历史现场》《重返开封解放历史现场》《开封人文古迹寻访》等专栏都倾注着我的心血与汗水。我与《汴梁晚报》一起策划推出"穿越民国开封游"系列活动，带领广大市民走进历史现场，寻遍古城的人文遗迹，走进这座城市的母体，去发现、去感受、去品味老开封深邃的文化内涵与厚重的历史积淀，带领大家重新发现人文开封、历史开封。而每次活动主动参与者都有上百人，有从外地风尘仆仆赶来的老者，有刚上小学的孩童。原来，竟然有这么多的人深爱着开封。

民国开封，风度翩翩，回眸一望，顾盼生辉。宋韵古城风情万种，名人荟萃、大师云集、市井风流扑面而来。在《一座城的民国记忆》出版之后，我相继推出了《一座城的人文秘境》《一座城的美食风情》等。《一座城的人文秘境》今年还获得了开封市第十五届社会科学优秀成果奖一等奖。这本《一座城的风雅往事》则是前几本民国开封系列的延续和补充。

《一座城的风雅往事》汇集了刘青霞、柏杨、赵九章、杨廷宝、苏金伞、穆青等40多个鲜活人物，他们的悲欣交集，组成一幅近代开封历史的长卷。这是一段正在消失的记忆，也是一段被人忽视或者逐渐遗忘的故事。虽然繁华成旧影，虽然风流总被雨打风吹去，但是，这座城，看得见的历史在，看不见的历史也在。在城市日趋现代化的大背景下，历史街区的精华还存、底蕴还存、韵味还有……大师也是平常人，凡俗之举平常心。贩夫走卒、江湖儿女无不凝聚着时代的缩影，他们的风范、风骨、风流、风度、风雅、风趣、风华依然历历在目。

我把近年来散居报刊的稿子汇集起来，郑重以"一座城"的系列由中国书籍出版社陆续推出，多亏了郭灿金老师当年的推荐和武斌先生、崔付建先生的帮助，在此深表谢意。同时也感谢我的妻子冯艳英和孩子刘一玮，正是多年来他们的默默支持和付出才才成全了我今天家藏"富矿"的局面。在诸多选项中，我只想给孩子树立一个榜样，做一个称职的父亲。我想用我的努力与拼搏告诉她，一个普通人只要心中有梦想、只要不畏惧飞翔的阻力、不断挥动翅膀，大象也可以飞翔，不一定在天空之城，也可以在内心世界。

这本《一座城的风雅往事》是我"一座城"系列著作的收官之作，谨以此书致敬开封城！感谢有你们！

刘海永

2019年7月30日于开封